#selbstschuld - Was heißt schon privat

W0382974

© Hoffotografen

Thomas Feibel (Jahrgang 1962) ist der führende Journalist zum Thema »Kinder und Computer« in Deutschland. Er leitet das »Büro für Kindermedien« in Berlin, publiziert u. a. in »c't«, »familie&co« sowie »Dein SPIEGEL« und arbeitet auch für Hörfunk und Fernsehen. Er hält viele Vorträge, gibt Workshops und hat zahlreiche Kinder- und Jugendbücher veröffentlicht.
Für »Like me – Jeder Klick zählt« erhielt Thomas Feibel den Leipziger Lesekompass 2014. Im selben Jahr wurde er von Bibliothek & Information Deutschland (BID) für seine Arbeit zur Leseförderung und Vermittlung elektronischer Medien für Kinder und Jugendliche mit der Karl-Preusker-Medaille ausgezeichnet.

THOMAS FEIBEL

#SELBSTSCHULD

Was heißt schon privat

CARLSEN

Außerdem von Thomas Feibel im Carlsen Verlag lieferbar:
Ich weiß alles über dich
Like me – Jeder Klick zählt

Dies ist ein Roman. Alle Geschehnisse und Personen sind fei erfunden.

klicksafe.de

Unterrichtsmaterialien in Kooperation mit klicksafe – der EU-Initiative für mehr Sicherheit im Netz

FSC www.fsc.org
MIX
Papier aus verantwortungsvollen Quellen
FSC® C083411

Unser Versprechen für mehr Nachhaltigkeit
- Klimaneutrales Produkt
- Papiere aus nachhaltiger Waldwirtschaft
- Hergestellt in Europa

Originalausgabe
Veröffentlicht im Carlsen Verlag
August 2016
Copyright © 2016 Carlsen Verlag GmbH, Hamburg
Umschlagbild: shutterstock © Ollyy
Umschlaggestaltung: formlabor
Corporate Design Taschenbuch: bell étage
Gesetzt aus der Alegreya HT Pro bei Dörlemann Satz, Lemförde
ISBN 978-3-551-31499-4

CARLSEN-Newsletter: Tolle Lesetipps kostenlos per E-Mail!
Unsere Bücher gibt es überall im Buchhandel und auf carlsen.de.

Samstag ist der einsamste Tag in der Woche

Nach Hause kann ich nicht. Meine Mutter hat Besuch. Männerbesuch. Das zweite Date mit ihren Internetbekanntschaften findet immer samstags bei uns statt und läuft meistens gleich ab: Erst muss ich warten, bis der Typ endlich aufkreuzt. Dann soll ich ihm Hallo sagen und brav die Hand schütteln, damit er gleich das komplette Paket kennenlernt.

»Das ist Joshua, mein Großer«, stellt mich Katja vor. Anschließend schiebt sie mich eilig zur Haustür hinaus. Vor dem späten Abend brauche ich gar nicht wiederzukommen. Meinen Schlüssel darf ich auch nicht benutzen, sondern ich soll auf jeden Fall läuten.

»Drei Mal«, betont sie jedes Mal. »Damit ich weiß, dass du es bist.«

Wie ich den Samstag draußen verbringe, bleibt allein meine Sache. Meistens hänge ich in der Stadt im Einkaufszentrum rum. Zwar drückt mir meine Mutter ab und zu zehn Euro in die Hand, damit ich ins Kino gehe oder so, aber ich spare das Geld lieber für meinen großen Traum: einen eigenen Motorroller, wie Alex ihn besitzt. Dreihundertzwanzig Euro habe ich bereits in einer alten Zigarrenkiste unter meinem Bett beiseitegelegt. Knapp die Hälfte davon stammt vom Verkauf meines roten Rennrads. Allerdings schulde ich Alex noch vierzig Euro für seinen alten Helm. Dass der ganz schön verkratzt ist, macht mir wenig aus. Zumindest der Führerschein wird kein Problem. Das Geld dafür will mir mein Vater zum Geburtstag schenken. Falls er das nicht wieder vergisst.

Und so streife ich jetzt ziellos durch die überfüllte Mall. Noch bis vor kurzem saß ich regelmäßig bei McDonald's – wegen der kostenlos nachfüllbaren Cola und dem WLAN. Den Laden betrete ich allerdings nicht mehr, seitdem sich Ringo aus meiner Schule mit seinen aufgepumpten Schlägerkumpels dort breitmacht. Auch das Eiscafé im ersten Stock meide ich, damit ich nicht meinen shoppinggeilen Mitschülerinnen begegne, die unter falschen Palmen Latte macchiato schlürfen und aufgeregt ihre Einkäufe vergleichen. Stattdessen spiele ich im Kaufhof eine Weile Xbox gegen zehnjährige Knirpse. Später gönne ich mir im Erdgeschoss einen Billigdöner und lasse mich auf einer der Sitzinseln nieder.

Mir gegenüber stopfen sich gerade zwei etwa zwölfjährige Mädchen mit Tiramisu aus dem Eiscafé voll. Weil sie anscheinend die Löffel vergessen haben, schaufeln sie das schaumige Zeug mit ihren angeklebten Nägeln aus einer Plastikschale. Unauffällig mache ich ein Foto davon, wie die beiden ihre künstlichen Krallen ablutschen. Dabei rieseln mir Zwiebeln und Salatblätter aus dem Pitabrot. Als ich versuche die Bilder bei *Friendbook* zu posten, bleibe ich wieder einmal auf Rikkis Profilseite hängen.

Ricarda ›Rikki‹ Morales ist vielleicht der einzige Lichtblick in meinem Leben. Sie geht in meine Klasse. Rikki ist klug, ehrlich, völlig uneitel und vor allem einfach *echt*. In der Schule wage ich nur verstohlene Blicke. Denn kaum sehe ich in ihre dunklen Augen, gerate ich aus dem Tritt. Entweder stolpere ich ungeschickt über eine Taschenschlaufe oder ich kippe mir versehentlich heißen Kaffee über die Schuhe. Spricht sie mich an, was eher selten passiert, kommt aus meinem Mund nur unverständliches Gebrabbel. Alles superpeinlich, alles schon vorgekommen. Nur auf *Friendbook* kann ich sie mir ungestört ansehen: Rikki beim Training in ihrem Schwimmverein, die langen schwarzen Haare unter einer Kappe verborgen. Rikki mit spöttischem Lächeln und Siegermedaille. Oder mein Lieblingsbild, das ausgedruckt an der Magnetwand in meinem Zimmer hängt: eine strahlende Rikki, die ihre jüngeren Brüder José und Felipe fest an sich drückt.

Wie sie heute den warmen Septembertag verbringt, erkenne ich an dem Bild, das in diesem Augenblick hochlädt: Rikki am Badestrand. Gut gelaunt winkt sie in die Kamera. Im Hintergrund ziehen die anderen aus unserer Klasse alberne Grimassen.

Alex feiert seinen Geburtstag und hat bei diesem Superwetter alle zu Lagerfeuer, Würstchen und Bier am Keilsee eingeladen. Alle. Nur mich nicht. Dabei haben wir uns den Sommer über noch fast täglich getroffen und richtig gut verstanden. Aber seit gut sechs Wochen geht jeder von uns wieder seiner eigenen Wege. Natürlich könnte ich trotzdem am See aufkreuzen. Einfach so. Rein zufällig. Nur wäre das doch irgendwie erbärmlich.

Ausgerechnet in diesem Moment beginnt der Akku

meines Handys zu spinnen. Zwei Minuten später gibt es ganz den Geist auf. Das Ladekabel liegt natürlich zu Hause. Entnervt gehe ich in die Stadtbibliothek im zweiten Stock und logge mich an einem frei gewordenen Internetplatz auf *Friendbook* ein. Sofort poppen noch mehr fröhliche Partybilder von Paolo, Doppel-D und den anderen auf. Alex selbst muss natürlich auch mächtig rumposen: In Badehose hockt er auf seiner schwarzen Vespa mit dem silbernen *Pussycat*-Schriftzug. Seine dunkelblonden Haare fallen ihm in die Stirn. Eine riesige, spiegelnde Sonnenbrille verbirgt seine blauen Augen.

Aber es ist das Kopf-an-Kopf-Selfie von ihm und Rikki, das mir einen heftigen Stich versetzt. In unserer Klasse hat bestimmt schon jeder mitbekommen, dass Rikki Alex mag. Und damit ist sie nicht allein. Dem gut aussehenden, lässigen Alexander Schwarz fliegen einfach sämtliche Herzen zu.

Auf einmal frage ich mich, ob die beiden möglicherweise längst ein Paar sind und es nur geheim halten. Rikkis Beziehungsstatus ist jedenfalls unverändert. Aber wie das bei Alex aussieht, kann ich nicht feststellen: Weil er mich schon vor einiger Zeit entfreundet hat, komme ich nicht mehr an seine Seite ran.

Mein Verdacht lässt mir keine Ruhe. Um mir Klarheit zu verschaffen, versuche ich mich in Alex' Namen auf *Friendbook* einzuloggen. Seine E-Mail-Adresse kenne ich, mir fehlt nur sein Passwort. Ich probiere es mit *Schach*, einem Insiderwitz zwischen uns beiden. Bloß funktioniert das leider ebenso wenig wie *Schachmatt*. Nachdenklich schaue ich mich in der Bibliothek um. Alex mag es nicht so kompliziert. Keine Zahlen, keine Sonderzeichen. Darum muss es ein ganz einfacher Begriff sein. Trotzdem funktionieren weder *Rikki* noch *Interpol,* aber mit *Pussycat* klappt es überraschenderweise – auf einmal bin ich drin.

Vor Aufregung klopft mein Herz. Plötzlich juckt es mir in den Fingern, Alex einen kleinen Streich zu spielen. Ich könnte zum Beispiel seinen Namen von *Alex Schwarz* in *Alex Schwanz* ändern. Fast lache ich laut los. Da ich dafür bloß einen einzigen Buchstaben austauschen muss, dürfte das auf den ersten Blick niemandem auffallen. Und wie ich Alex kenne, fände er es wahrscheinlich auch noch lustig – im Gegensatz zu Rikki, die dumme Machosprüche hasst.

Während ich nach den Einstellungen suche, stolpere ich über eine ungelesene, mit einem roten Herzen markierte Nachricht.

Alex, als Zeichen meines Vertrauens sende ich dir dieses Foto! Damit du siehst, wie sehr ich dich mag! Anna

Ungläubig starre ich das Bild an. Alex und andere aus meiner Schule schicken sich ständig irgendeinen Pornokram über *Smartchat* oder *Friendbook.* Ich selber besitze ebenfalls einige solcher Aufnahmen. Was mich jedoch richtig umhaut, ist, dass ausgerechnet Anna so etwas an Alex schickt.

Sonst gibt sich unsere totenblasse Klassenstreberin wahnsinnig gehemmt: Jeden Tag trägt sie hochgeschlossene Klamotten, die nie mehr Haut zeigen als nötig. Sogar im Sommer. Beim Sport zieht sie sich alleine auf dem Klo um. Ein Handy besitzt sie auch nicht. Angeblich kommt sie aus einem tiefreligiösen katholischen Elternhaus. Deshalb hat ihr auch vor ewigen Zeiten jemand den Spitznamen »Nonne« verpasst.

Sofort lasse ich meinen Alex-Schwanz-Plan fallen und kümmere mich auch nicht mehr um seinen Beziehungsstatus. Denn ich habe eine bessere Idee: Ich teile Annas Bild in Alex' Namen mit all seinen *Friendbook*-Kontakten. Dabei gebe ich mir Mühe, den großmäuligen Tonfall zu treffen, der so typisch für ihn ist.

Leute, falls ihr euch das jemals ernsthaft überlegt habt: So sieht unsere geile Nonne also oben ohne aus. Hahaha. 😱

Jetzt muss ich nur noch warten.

Langsam schlendere ich zu dem Park in der Nähe unseres Wohnblocks zurück, wo ein graues Mietshaus dem anderen gleicht, und setze mich auf eine Schaukel. Das Foto dürfte längst die Runde machen. Ich stelle mir vor, wie sich auf Alex' Party seine Leute darüber kranklachen. Nur Rikki wird vielleicht ihre Sachen zusammenraffen, wütend abrauschen und mit Alex nichts mehr zu tun haben wollen.

Irgendwann ist es endlich Zeit, nach Hause zu gehen. Dort klingele ich. Drei Mal.

2 Der Duft von Schach

Am Anfang des Sommers stiegen Alex und ich eines Nachts heimlich in eine geschlossene Imbissbude ein, um uns ein paar Burger zu braten. Nur hatte der Eigentümer des *Hühnerhugo* dummerweise sämtliche Kühlschränke und auch die Vorratskammer verriegelt.

»Was soll der Scheiß?« Alex ließ das dicke Vorhängeschloss gegen die Tür knallen. »Ich schwör dir, beim letzten Mal gab's diese verfluchten Dinger noch nicht. Wovor haben die bloß solche Angst?« Grinsend drehte er sich zu mir um. »Etwa vor Einbrechern?«

Allein diese Bezeichnung jagte mir einen Riesenschreck ein, aber Alex liebte den Nervenkitzel. Schon seit Wochen führte er mich zu den seltsamsten Plätzen: Wir schlichen uns zum Beispiel in das alte Kommunalkino, kletterten über eine Luke aufs Dach und quatschten dort oben stundenlang. Oder wir spielten Billard und tranken Bier in ranzigen Clubs, wenn die Ruhetag hatten.

Richtige Einbrüche waren das eigentlich nicht. Denn Alex hatte immer die entsprechenden Schlüssel bei sich. ›Geborgt‹. Von seinem nichts ahnenden Vater, der eine Reinigungsfirma besitzt. Seine Putzkolonnen machen fast überall in der Stadt sauber.

An diesem Abend im *Hühnerhugo* stießen wir auf der Suche nach etwas Essbarem nur auf eine riesige Schüssel voller Eier. Das mussten über hundert Stück sein.

»Wozu brauchen die denn so viele Eier?«, staunte Alex. Prüfend nahm er ein Exemplar in die Hand, drückte vorsichtig zu, bis die Schale mit einem leisen Knacken brach.

»Hart gekocht«, stellte er fachmännisch fest. »Dann hauen wir uns eben die rein. Was meinst du, Josh?«

»Weiß nicht …« Besonders wohl fühlte ich mich nicht gerade. »Und was machen wir, wenn der Besitzer plötzlich auftaucht?«

Milde lächelnd klopfte mir Alex auf die Schulter. »Keine Sorge, der hat längst Feierabend.«

Nervös blickte ich mich um. Die Stühle waren auf die Tische geräumt, damit die Reinigungsfirma durchwischen konnte. Im ganzen Laden roch es nach kaltem Fett und an der Wand blinkten zwei Spielautomaten. Selbst die heruntergelassenen Metallrollos, die uns vor neugierigen Blicken schützten, schafften es kein bisschen, mich zu beruhigen.

»Schau doch nicht so verschreckt, du alter Schisser! Es wird schon keiner kommen.« Alex klang belustigt. Entspannt ließ er das Ei auf der Hand herumrollen. »Wie wär's mit einem kleinen Wettessen?« Ohne Vorwarnung warf er mir das Ei so pfeilschnell zu, dass ich es fast nicht gefangen hätte.

Alex griff erneut in die Schüssel, holte zwei weitere Eier heraus und tänzelte damit herum. »Das sind die Regeln«, verkündete er im Tonfall eines Ringrichters beim Boxen. »Die Gegner essen immer gleichzeitig ein Ei, so lange, bis einer aufgibt.«

»Und um was willst du wetten?«, fragte ich lahm.

»Wenn du gewinnst, lass ich dich mal mit meinem Roller fahren.«

Damit hatte er mich. »Einverstanden. Und wenn ich verliere?«

Alex richtete sich zu seiner vollen Größe von ein Meter neunzig auf und verschränkte die Arme. »Dann wirst du meine kleine *Pussycat* blitzblank putzen. Vielleicht sogar mit der Zunge. Das überlege ich mir dann noch.«

Wir stießen mit zwei Eiern an und legten los.

Die ersten fünf Stück gingen locker rein, auch wenn ich ewig auf dem trockenen Eigelb herumkauen musste. Beim sechsten bekam erst ich einen heftigen Schluckauf, dann erwischte es auch Alex. Hicksend füllte er Leitungswasser in zwei Gläser, das wir dann gierig herunterstürzten. Dadurch quoll die Eiermasse in unseren Mägen allerdings erst richtig auf.

Als es neun zu neun stand, stopfte sich Alex zwei Eier gleichzeitig in den Mund. »Mach mal 'n Foto«, befahl er und spuckte dabei gelbe Brösel. »Das kann ich dann später posten.«

»Das ist, glaube ich, keine so gute Idee«, würgte ich hervor. Beim Schälen meines elften Eis fühlte sich mein Bauch schon an, als hätte ich einen riesigen Medizinball verschluckt.

Alex kaute, kaute und kaute. »Und wieso nicht?«

»Wenn das dein Vater sieht, dann erfährt er doch von deinen ›Besuchen‹.«

»Keine Sorge, mein alter Herr ist garantiert nicht auf *Friendbook*.« Alex runzelte die Stirn. »Genauso wenig wie du. Wieso eigentlich?«

Das war wieder einmal eine von Alex' vielen Fragen. Dauernd quetschte er mich aus, wollte alles ganz genau von mir wissen.

Seine typischen Kreuzverhöre klangen ungefähr so:

Alex: Wie heißt dein Lieblingsfilm?

Josh: ›Donnie Darko‹.

Alex: Und warum?

Josh: Weil er auf eine beunruhigende Art traurig ist.

Alex: Schaue ich mir an. Und deine Lieblingsplatte?

Josh: ›Antic‹ von *Interpol*. Ist aber von 2004.

Alex: Kenn ich nicht, höre ich mir aber an. Wo hast du die entdeckt?

Josh: Die hat mein Vater damals beim Auszug vergessen.

Alex: Wie kommst du mit deinem Vater klar?

Josh: Geht so.

Alex: Wann hast du ihn das letzte Mal gesehen?

Josh: Ist schon ein paar Wochen her ...

Alex: Wieso triffst du ihn nicht häufiger?

Josh: Er ist sehr beschäftigt.

Alex: Was macht er denn von Beruf?

Josh: Er ist Controller.

Alex: Und wo?

Ich habe auf seine zahlreichen Fragen und endlosen Nachfragen immer ehrlich geantwortet. Auch in dieser Nacht im *Hühnerhugo*. Denn das war sein Versuch, die Welt mit anderen, mit *meinen* Augen zu sehen und zu verstehen.

»*Friendbook* ist doch das Letzte«, erklärte ich, wobei ich erfolglos einen Rülpser zu unterdrücken versuchte. »Diese dämlichen Essensbilder und bescheuerten Selfies gehen mir total auf den Sack.«

Alex betrachtete mich amüsiert. »Josh, du bist der schlauste Hund, den ich kenne. Ehrlich. Aber von *Friend-*

book hast du echt keinen Schimmer.« Mit dem Handrücken wischte er sich über den Mund. »Das ist doch die beste Informationsquelle aller Zeiten!«

Ich spülte mir mit einem weiteren Glas Wasser das Eigelb aus den Zahnlücken und sah Alex skeptisch an. »Ach ja? Und wofür?«

»Das ist doch sonnenklar, du Idiot!« Alex schlug sein nächstes Ei mit einem schmerzhaften *Klack* an meiner Stirn auf. »Gibt es denn in deinem Leben kein Mädchen, auf das du stehst?«

Rikki, dachte ich sofort, sagte jedoch nichts.

Mein Blick war Alex nicht entgangen. »Wusste ich es doch«, jubelte er. »Und? Ist deine Traumfrau auch auf *Friendbook*?«

Nervös spielte ich mit dem Glas herum. »Glaub schon«, nuschelte ich.

»Mann, Josh, kapierst du es nicht? Über *Friendbook* darfst du sie in aller Seelenruhe beobachten. Auf den Fotos siehst du, worauf sie steht, wie sie eingerichtet ist, wie sie sich fühlt oder mit wem sie so befreundet ist. Einfach alles«, schwärmte Alex weiter. »Das sind unschätzbar wertvolle Informationen.« Plötzlich hielt er inne, hob seine Hand und flüsterte: »Warte.«

Erschrocken fuhr ich herum. »Was ist? Kommt jemand?«

Er kicherte nur. »Schach.«

Mein Puls raste. »Schach?!«

»*Schach* ist mein neues Signalwort«, verkündete er glucksend. »Merk's dir. Es soll dich warnen.«

»Warnen? Vor was denn warnen?« Und dann roch ich es. »Boah, Alex, das stinkt ja widerlich.«

»Ich kann nix dafür. Diese Eier sind das reinste Kanonenfutter.«

Wir mussten beide so lange lachen, bis uns die Tränen runterliefen. Nachdem wir uns endlich wieder beruhigt hatten, ließen wir uns erschöpft neben einem beachtlichen Berg Eierschalen auf den Boden sinken.

Von einem Moment auf den anderen wurde Alex ganz ernst.

»Alles okay bei dir?«, erkundigte ich mich.

»Schon.« Er seufzte kurz. »Es ist nur lange her, dass ich mich so lebendig gefühlt habe. Weißt du, als ich damals vor Weihnachten mit diesen irren Kopfschmerzen ins Krankenhaus kam und mich nicht mehr bewegen konnte, war ich mir sicher, dass ich sterben muss.« Er seufzte. »In so einer Situation stellt sich dann raus, wer deine wahren Freunde sind. Keiner kam mich besuchen. Niemand. Bloß warum, das habe ich bis heute nicht kapiert.«

Alex hatte schon immer zu den beliebtesten Schülern unserer Klasse gehört. Er war immer gut drauf, sportlich und absolut furchtlos. So mähte er beim Fußball gnadenlos alle Mit- und Gegenspieler um und donnerte den Ball jedes Mal mit voller Wucht ins Tor. Ging unsere Klasse ins Schwimmbad, stand Alex schneller auf dem Fünferbrett, als wir anderen uns umziehen konnten, und stürzte sich sofort mit lautem Gebrüll in die Tiefe. Sogar unsere Lehrer fanden ihn grundsympathisch, obwohl er oft mit seinen Witzen und blöden Kommentaren den Unterricht störte.

Dann blieb er plötzlich für eine lange Zeit weg: Meningitis, wie unsere Klassenlehrerin uns mitteilte. Frau Dr. Störmer erklärte uns auch, wie gefährlich so eine Hirnhautentzündung ist, dass sie zu Verblödung, Lähmung, Amputation oder sogar zum Tod führen kann.

Wir waren alle total geschockt.

Als Alex nach vier Monaten wieder in die Schule kam, wirkte er anfangs sehr verhalten. Er hatte ein paar Wochen im künstlichen Koma gelegen und musste vieles von vorne lernen. Auf einmal gefiel es ihm gar nicht mehr, im Mittelpunkt zu stehen, und er zog sich zurück.

Umso erstaunter war ich, als er sich in der Schulkantine neben mich setzte und mit mir sprach, zum ersten Mal. Irgendwie verstanden wir uns auf Anhieb ganz gut. Und seitdem verbrachten wir fast jeden Tag miteinander. Und auch besonders viele Abende wie diesen im *Hühnerhugo* ...

Neben mir schob Alex mit einem Fuß die Eierschalen auf dem Boden hin und her. »Vielleicht hatten sie ja Angst, sich anzustecken. Vielleicht ist deshalb keiner gekommen.«

»Das glaube ich nicht«, widersprach ich. »Wir mussten doch alle zum Arzt und vorsorglich Medikamente schlucken.«

»Was hat sie denn dann abgehalten?«

Ich überlegte. »Vielleicht hast du uns alle sterblicher gemacht«, sagte ich nach einer Pause.

»Wie meinst du das?«

»Na ja«, begann ich. »Keiner von uns hat sich davor so richtig Gedanken über den Tod gemacht. Der Tod, das ist was für alte, kranke Leute. Bis zu deiner Meningitis haben wir uns irgendwie für unsterblich gehalten. Du hast allen die Unbeschwertheit genommen.«

Alex nickte. »Das stimmt vielleicht. Und was ist mit dir? Warum hast du mich eigentlich nicht besucht?«

»Das weißt du doch genau, Alex. Ich konnte dich nicht ausstehen.«

Der frühere Alex war echt nicht mein Fall. Seine grölende Stimme kam mir immer einen Tick zu laut vor und sein Draufgängertum ging mir mächtig auf die Nerven. Auf Partys ließ er sich prinzipiell volllaufen.

Nachdenklich pulte Alex mit dem Fingernagel zwischen den Zähnen herum. »Ich weiß selbst auch nicht, ob ich mein altes Ich mag.«

Eine Weile schwiegen wir. Dann sprang er grinsend auf. »Sechzehn zu sechzehn. Gleichstand. Nicht übel! Komm, Josh, noch ein Ei, und der Sieg ist dein!«

»Nein, danke«, stöhnte ich. »Mir kommen die Dinger gleich zu den Ohren raus. Dir etwa nicht?«

Betont gleichgültig schaute er mich an. »Schach und matt!«

Erneut mussten wir vor Lachen losprusten und uns dabei die schmerzenden Blähbäuche halten. Nur die winzig kleine, blinkende Überwachungskamera war weder Alex noch mir aufgefallen.

Landauer, du Spast!

Als ich am Montagmorgen ins Klassenzimmer komme, stürzt Ringo auf mich zu. Wie immer trägt er ein viel zu enges Shirt ohne Ärmel, das wohl seinen Bizeps betonen soll. Normalerweise bedeutet es nichts Gutes, wenn sich der Schlägertyp mit dem roten Afro so gezielt nähert. Erst letzte Woche hat er einem Kerl aus der Zwölften die Nase gebrochen. Grundlos.

Ich bin aufs Schlimmste gefasst. Doch Ringo blökt nur ein einziges Wort: »TITTIS!«

Mit seinem blöden Zahnfleischlächeln hält er mir das Smartphone vor die Nase, obwohl Handys an unserer Schule eigentlich verboten sind.

»Alter«, ruft er, als könne er es nicht fassen. »Das ist Nonne!«

Der beißende Zigarettengeruch an seinen Fingern steigt mir in die Nase. Ich erkenne das Bild natürlich sofort, das am Wochenende im Klassenchat die Runde gemacht hat.

»Nonne hat sich nackig gemacht«, verkündet Ringo lauthals, »und Alex sein Bild geschickt.«

Das Muskelpaket bekommt wieder mal keinen geraden Satz raus. Vielleicht denkt er, das sei Gangsta-Rap, vielleicht denkt er aber auch gar nichts.

Finster kneift er jetzt die Augen zusammen. »Landauer, du Spast, warum sagst du nix?«

Seltsam, Ringo scheint gerade vollkommen vergessen zu haben, dass wir alles andere als Freunde sind. Und nun will er mich zum Komplizen machen, damit ich mit ihm gemeinsam über Anna lache?! Dieser Typ ist wirklich vollkommen unberechenbar. Darum darf ich ihm gegenüber auch keine Angst zeigen. Denn die riecht Ringo sofort.

»Sehr geil«, lüge ich also betont ruhig.

Zufrieden lässt Ringo mich stehen und springt aufgeregt wie ein Sechsjähriger am Kindergeburtstag mit seinem Handy zu den anderen. »TITTIS!!!«

Annas Foto ist *das* Gesprächsthema des Tages. Im Klassenzimmer herrscht eine solche Aufregung, dass sich sogar die üblichen Grüppchen aufgelöst haben und jeder mit jedem redet: Normalos und Drogis, Streber und Zicken, Schläger und Richkids.

Auf dem Weg zu meinem Platz schaue ich kurz zu Alex, den eine Traube von Mitschülern umgibt. Er fängt meinen Blick auf, wendet sich aber gleich wieder seinen Fans zu: Paolo, ein schmächtiger Spießer mit Stachelfrisur, der sich gerne in Alex' Schatten sonnt. Genau wie der meinungslose Ja-Sager Dirk-Daniel, den alle wegen seines Übergewichts Doppel-D nennen. Und unsere brave Klassensprecherin Elsa, die keine Schmerzgrenze kennt, wenn es um Alex geht. Wie peinlich sie ihn anhimmelt, ist nur noch zum Fremdschämen. Jetzt tänzelt auch Ringo mit seinem Handy um ihn herum und beglückwünscht ihn zu dem gelungenen Post.

Über Alex kann ich mich einfach bloß wundern. Warum sagt er nichts? Warum stellt er nicht einfach klar, dass er nichts mit dem Foto und dem Spruch darunter zu tun hat!

Doch offensichtlich lässt er sich lieber von den anderen feiern und genießt den ganzen Trubel.

In diesem Augenblick betritt Rikki die Klasse. Mir gefällt an ihr, dass sie sich kaum schminkt, die starken Augenbrauen nicht zupft und ihre schwarzen Haare mit einem einfachen Gummi zusammenbindet. In den letzten Monaten habe ich sie genau beobachtet, darum sehe ich auch sofort, dass sie mächtig geladen ist. Sie steuert direkt auf den lachenden Alex zu und scheuert ihm eine.

Die ganze Klasse verstummt. Gespannt verfolgen alle die Szene.

»Bist du eigentlich vollkommen irre?«, herrscht Rikki Alex an. »Wie konntest du das Anna nur antun?«

Alex reibt sich die gerötete Wange und grinst verlegen.

»Du lachst?«, zischt sie. »Du bist so ein Schwein!« Wütend wendet sie sich von ihm ab.

»Wieso? Ist doch nix Schlimmes passiert«, ruft er ihr hinterher, bevor er sich wieder seinen Anhängern widmet, die ihm ermutigend auf die Schulter klopfen.

Ich lasse Rikki nicht aus den Augen. Mit rotem Kopf marschiert sie auf Cheyennes Tisch zu und spricht mit ihr. Inzwischen ist es wieder so laut, dass ich zwar nichts verstehe, aber die beiden streiten sich ganz offensichtlich.

Cheyenne ist siebzehn und dreht seit letztem Schuljahr eine Ehrenrunde bei uns. Ich kann sie nicht ausstehen. Für mich ist sie die Verlogenheit in Person und mit den Geschichten, die ich von Alex über sie gehört habe, punktet sie erst recht nicht. Im Gegensatz zu Rikki ist Cheyenne immer total aufgebrezelt. Da sie ein paar Pfunde zu viel auf die Waage bringt, sieht sie in ihren engen Klamotten meistens wie eine Presswurst aus. Dennoch darf sie keiner unterschätzen. Denn das Klassenbiest mit den blonden Locken ist die Anführerin der sogenannten *Pink Ladies*, einer Mädchengang.

Erneut wird es im Klassenzimmer totenstill. Alle Blicke richten sich auf den Eingang, auch die von Cheyenne und Rikki. Selbst Alex hebt den Kopf.

Anna steht in der Tür.

Die dunklen, vom Radfahren zerzausten Haare lassen sie noch blasser als sonst erscheinen. Ihre weißen Finger umklammern den Gurt ihrer Umhängetasche. Sie trägt eine braune, hochgeschlossene Bluse, dazu altmodische, beige Stoffhosen.

Niemand rührt sich.

Bis auf Ringo. Er schiebt sich Richtung Tür und drückt Anna sein Telefon in die Hand.

»TITTIS!«, trompetet er triumphierend.

Annas dunkle Augen betrachten das Bild auf dem Touchscreen. Ich kann förmlich sehen, wie sie jeden Buchstaben meines Kommentars einzeln einatmet.

Leute, falls ihr euch das jemals ernsthaft überlegt habt: So sieht unsere geile Nonne also oben ohne aus. Hahaha. 😱

Die Schulglocke läutet schrill, doch niemand bewegt sich. Obwohl es eigentlich kaum möglich ist, wird Anna noch bleicher. Langsam lässt sie die Arme sinken, die Tasche gleitet ihr von der Schulter und landet mit einem klatschenden

Geräusch zu ihren Füßen. Ringos Smartphone fällt ihr aus der Hand. Als es auf dem Boden aufprallt, springen Akku und Deckel in unterschiedliche Richtungen. Dann dreht sie sich um und stürmt ins Treppenhaus hinaus.

»Anna!« Rikki rennt ihr hinterher. »Warte!«

Ringo bückt sich nach den Einzelteilen seines Telefons. »Alter«, tobt er. »Nonne hat mein Handy gefickt.«

Dümmer geht's kaum

Gleich nach der Schule setze ich mich in die Straßenbahn, um zu Anna zu fahren. Zwischen mir und der Wand klemmt die Tasche mit Geldbeutel und Adresse, die sie bei ihrer Flucht zurückgelassen hat.

Ich weiß zwar überhaupt nicht, was ich zu Anna sagen soll, aber ich mache mir schwere Vorwürfe. Eigentlich wollte ich doch bloß Alex einen Streich spielen. An Anna habe ich bei meinem eifersüchtigen Tunnelblick auf Alex und Rikki keine Sekunde gedacht. Falls die beiden wirklich ein Paar waren, dann dürfte es damit jedenfalls vorbei sein. Besonders freuen kann ich mich darüber allerdings nicht. Stattdessen breitet sich in mir das schlechte Gewissen wie ein schleichendes Gift aus. Ich beiße mir so fest auf die Lippe, dass sie schmerzt.

»Was machst du denn für ein Gesicht?«, unterbricht eine weibliche Stimme meine düsteren Gedanken.

Ich schaue auf und erstarre. Rikki.

Wann ist sie denn eingestiegen? Und wie lange hat sie mich wohl schon beobachtet?

Nervös ringe ich mit den Worten. »Eine schlimme Sache, das mit Anna …«, bringe ich schließlich hervor.

Sie zieht ihre Kopfhörer heraus und nickt ernst. »Manchmal kann Alex so ein Arschloch sein! Ich bin aus allen Wolken gefallen, als ich seinen Post gelesen habe.« Rikki lässt sich neben mir auf den Sitz sinken. »Hast du gesehen, wie unfassbar oft das geteilt wurde?! Dazu all diese fiesen Kommentare!«

Ich schlucke.

»Der hat offensichtlich nur Scheiße im Hirn«, regt sich Rikki weiter auf. »Der kapiert gar nicht, was er bei Anna damit anrichtet. Ich dachte wirklich, dass ihn seine Krankheit verändert hätte. Aber er ist immer noch derselbe Vollidiot, der sich ständig aufspielt. Genau wie bei seiner bescheuerten Strandparty. Zum Glück musste ich früher gehen.«

Wenn Rikki zornig wird, zieht sie ihre kräftigen Brauen zusammen, über ihrer Nasenwurzel bildet sich dann eine senkrechte Falte. Mir gefällt es, wie sie dabei wild mit den Händen in der Luft herumfuchtelt.

Jetzt kramt sie in ihrer Tasche herum, holt ein Papiertaschentuch heraus und hält es mir hin. »*Toma el pañuelo*, deine Lippe blutet.«

Ich bin wie versteinert, zu einer Bewegung kaum fähig. Rikki ist einfach wunderschön.

Da ich nicht reagiere, tupft sie kurz entschlossen selbst meinen Mund ab. Anschließend lässt sie das weiße Tuch mit dem kleinen Blutfleck achtlos zwischen uns auf den Sitz fallen.

»Wo willst du eigentlich hin?«, erkundigt sie sich. »Wohnst du hier in der Nähe?«

»Nein.« Ich zeige auf die Tasche neben mir. »Ich wollte zu Anna, ich mache mir Sorgen um sie.«

»Respekt«, antwortet Rikki. »Wenigstens einer, der Eier in der Hose hat und Verantwortung übernimmt.«

Die Straßenbahn hält. Ein dicker Mann mit Trompete und einer Musikbox steigt ein. Während die Bahn wieder anfährt, beginnt er so laut und schief zu spielen, dass Rikki dicht an mich heranrückt, damit ich sie verstehen kann.

»Ich will auch zu Anna.« Ihre schwarzen Haare berühren mich, ich rieche ihr Shampoo. »Dann können wir ja zusammen hingehen.«

Ich bin viel zu verblüfft, um zu antworten.

Kaum hält die Bahn erneut, springt Rikki plötzlich vom Sitz. »Los«, ruft sie. »Hier müssen wir raus.«

Nur kommen wir im Gedränge nicht schnell genug an dem dicken Trompeter und seiner quäkenden Musikbox vorbei. Hilflos sehen wir zu, wie sich die Tür wieder schließt. Erst an der nächsten Station gelingt es uns auszusteigen. Rikki schlägt vor, das Stück zurückzulaufen. »Es ist nicht so weit«, erklärt sie.

Unser Weg führt an einer lauten, breiten Verkehrsstraße entlang. Lastwagen donnern über den Asphalt, ein Moped röhrt vorbei. Es ist ein schönes, aber auch merkwürdiges Gefühl, Rikki so nah zu sein. Ich überrage sie nur wenige Zentimeter. In ihren weißen Turnschuhen hat sie einen sehr schnellen, schwungvollen Gang, ihre Arme schlenkern leicht hin und her. Ein-, zweimal streift sie mich dabei versehentlich, ohne es zu merken.

»Du bist mit Anna befreundet?«, versuche ich das Gespräch in Gang zu bringen, damit sie mich nicht für so einen blöden Eigenbrötler hält.

Sie nickt. »Anna kommt vielleicht ein wenig speziell rüber, aber wir verstehen uns ganz gut.«

»Hast du sie denn heute Morgen noch einholen können?«

Rikki presst die Lippen kurz zusammen. »Leider nein.« Sie schwingt ihre Stofftasche über die linke Schulter und hält sie locker mit zwei Fingern am Griff fest. »Am liebsten wäre ich sofort zu ihr nach Hause gefahren, um sie zu trösten. Aber wegen der Physikarbeit heute ging das nicht. Ich muss dringend aus der Fünfer-Zone raus. Physik ist so gar nicht mein Ding.«

»Meins auch nicht«, sage ich schnell, obwohl das nicht ganz stimmt.

Rikki zeigt auf einen grauen, mehrstöckigen Neubau. »Hier wohnt sie.« Während wir zur Tür gehen, fügt sie hinzu: »Anna und ich haben zweimal die Woche zusammen für Physik gelernt, ohne sie wäre ich echt aufgeschmissen. Und jetzt hat sie selbst die Arbeit verpasst ...« Rikki lächelt mich traurig an. »Echt gut, dass du an ihre Tasche gedacht hast. Ich hab die total vergessen. Eine schöne Freundin bin ich.«

Als sie bei ›Damberg‹ läutet, fällt mir das leuchtend pinkfarbene Freundschaftsband an ihrer linken Hand auf.

Im dritten Stock erwartet uns Annas Mutter in Leggins und Sweatshirt in der Tür.

»Ist Anna da?«, erkundigt sich Rikki.

»Gerade gekommen«, antwortet Frau Damberg und winkt uns herein. »Bitte zieht die Schuhe aus.«

Gerade gekommen? Rikki und ich schauen uns überrascht an. Wo hat sich Anna denn den ganzen Tag herumgetrieben?

Ich stelle ihre Tasche unbemerkt an der Garderobe ab.

Die Wohnung der Dambergs macht einen völlig normalen Eindruck. Keine Ahnung, was ich erwartet habe. Vielleicht, dass bei der »Nonne« Kreuze und Heiligenbilder hängen, überall Kerzen brennen oder unentwegt Weihrauch qualmt. Aber nichts von alledem. Mit fällt nur ein riesiges gerahmtes *Titanic*-Filmplakat im Flur auf und jede Menge Trockenblumen in Vasen und Karaffen.

Frau Damberg führt uns ins Wohnzimmer, wo ein Plastikkorb voller Wäsche und ein aufgeklappter Ständer stehen. »Habt ihr euch vielleicht gestritten?«

»Wieso?«, will Rikki wissen.

Annas Mutter greift in den Korb und schüttelt dann mit einem Ruck ein T-Shirt aus. »Als sie nach Hause kam, hat sie sich sofort in ihrem Zimmer eingeschlossen. Sie macht nicht auf und redet auch nicht mit mir.«

»Soll ich es vielleicht mal versuchen?«, bietet Rikki an.

Wenig später pocht sie vorsichtig an einer Tür, die über und über mit alten Urlaubskarten beklebt ist. »Anna, ich bin's, Rikki.«

Frau Damberg folgt uns in den Flur, in der Hand hält sie eine blaue Strumpfhose, die sie auseinanderzieht.

Rikki klopft jetzt kräftiger. »Anna, bitte lass mich rein!«

Keine Reaktion. Es bleibt still.

»Kinder, ihr müsst mir jetzt wirklich sagen, was los ist«, fordert uns Annas Mutter auf. »Was ist heute vorgefallen?«

Ich kann Frau Damberg nicht in die Augen sehen. Am liebsten würde ich auf der Stelle abhauen.

Auch Rikki starrt zu Boden. Dann aber beweist sie mehr Mut als ich. »Es ist wegen einem Foto, das gerade durchs Internet geistert.«

Verwundert drückt Annas Mutter die Strumpfhose zusammen. »Was denn für ein Foto?«

Später fahre ich alleine nach Hause und versuche den entsetzten Ausdruck auf Frau Dambergs Gesicht zu vergessen, während Rikki alles erzählte. Ich möchte nur noch eines: zurückspulen, wie es im Film ›Donnie Darko‹ passiert. Am besten zu dem verhängnisvollen Moment in der Bibliothek, als ich das Bild geteilt habe. Leider geht das nicht.

Kraftlos schließe ich unsere Wohnungstür auf. Sogleich schlägt mir der Geruch von verbranntem Fett entgegen. Im Flur stehen mit weißer Farbe bekleckerte Schuhe und eine verbeulte Tasche.

Auch das noch, denke ich genervt. Harald. Wenn er wieder da ist, kann das nur bedeuten, dass der Typ vom letzten Samstag mal wieder nicht der Richtige war.

»Gibt gleich Essen«, höre ich meine Mutter rufen.

Katja stellt sich bloß für Gäste in die Küche. Normalerweise gibt es bei uns Fertigfraß: Tiefkühlkost, Tütensuppen, Dosenfutter. Manchmal lassen wir uns auch eine Pizza liefern.

Auf dem Weg zu meinem Zimmer kommt mir Harald entgegen. Sein massiger Körper steckt in meinem Bademantel. Schön, dass er sich mal wieder wie zu Hause fühlt. Die nassen, grauen Haare hat er streng nach hinten gekämmt und neuerdings trägt er so einen albernen Kinnbart. Seine braunen Glupschaugen schauen mich zwar freundlich an, doch davon lasse ich mich nicht täuschen. Harald kann auch anders. Ganz anders.

»Hey, Josh«, grüßt er. Ich hasse es, wenn jemand meinen Namen falsch ausspricht. Harald sagt aus Prinzip immer *Tschosch* statt *Josch*. Jetzt hält er die offene Handfläche hoch, damit ich kumpelmäßig abklatsche. »Alles klar bei dir?«

Bis auf meinen Vater hat es meine Mutter nur mit Harald länger ausgehalten. Seit fast zwei Jahren führen die beiden eine On-Off-Beziehung. Mal sind sie zusammen, dann wieder nicht. Mal lässt er seine Sachen hier, mal packt er alles ein und verschwindet. Wer soll da noch durchblicken?

Vermutlich ist Harald ganz okay, aber ich mag ihn trotzdem nicht. Denn sobald ich mit meiner Mutter aneinandergerate, mischt sich der Malermeister jedes Mal ungefragt ein. Ständig muss er sich vor mir als der große Papa aufspielen, was mir tierisch auf den Wecker geht. Soll er doch erst mal seine aufdringliche Tochter in den

Griff bekommen, die mich ständig mit Nachrichten und Fotos zumüllt. Die dreizehnjährige Peggy lebt bei seiner Ex, zusammen mit seinen zwei anderen Kindern. Harald lässt kaum eine Gelegenheit aus, wegen seiner Unterhaltszahlungen in lautes Klagegeheul auszubrechen. Außerdem raucht er in unserer Wohnung.

Nee, echt nicht zum Abklatschen.

»Viel Hausaufgaben«, sage ich und lasse ihn stehen. In meinem Zimmer schalte ich *Interpol* ein.

Ohne zu klopfen, tritt wenig später meine Mutter ein und hält mir einen dampfenden Teller mit öligen Bratwürsten, Senf, Gewürzgurken und zwei Scheiben Toast hin. »Möchtest du lieber in deinem Zimmer essen?«

»Keinen Hunger«, antworte ich wahrheitsgemäß.

»Sonst willst du doch immer was essen.« Sie dreht die Musik leiser. »Ist irgendwas?«

Katja hat etwas mit ihren Haaren gemacht, Strähnchen oder so. Außerdem trägt sie eine Jeans und eine Bluse statt ihrem üblichen Hausdress, der aus einer grauen Jogginghose und einem löchrigen T-Shirt besteht.

»Harter Tag.«

»Ach komm, Joshi, iss was. Mir zuliebe. Ich habe mir so eine Mühe gemacht.«

Meine Mutter stellt den Teller auf meinem vollen Schreibtisch ab. Nervös rückt sie das Besteck zurecht. »Harald bleibt auch nur eine Nacht. Versprochen!«

Als sie gegangen ist, schalte ich die Musik wieder lauter, hole mir den Ausdruck von Rikki und ihren Brüdern von der Magnetwand, lege mich aufs Bett und betrachte ihn ausgiebig. Für mich strahlt dieses Bild so viel Wärme und Liebe aus.

In Gedanken spiele ich noch einmal unseren gemeinsamen Weg zu Anna durch. Nur stelle ich mir dabei vor, dass Rikki und ich Hand in Hand gehen ... Prüfend lege ich meine linke Hand in die rechte, um zu spüren, wie es sich anfühlen würde. Doch das klappt nicht. Auch das Taschentuch mit dem Blutfleck, das ich in der Straßenbahn heimlich eingesteckt habe, hilft mir nicht. Denn ich muss schon wieder an Anna und ihre Mutter denken.

Ich kann nur hoffen, dass die ganze Sache bald vergessen ist. Wenn ich am nächsten Morgen aufwache, sieht es vielleicht schon ganz anders aus.

Aber ich irre mich gewaltig.

Geheimnisse am Keilsee

So richtig verstehe ich immer noch nicht, warum Alex und ich nicht mehr befreundet sind. Unsere Freundschaft mag zwar kurz gewesen sein, dafür aber unglaublich intensiv. Weil wir ständig geredet haben, kannten wir sehr viele Geheimnisse voneinander. Vielleicht war es Alex einfach unangenehm, dass ich so viele Dinge über ihn weiß. Oder vielleicht hat der plötzliche Bruch auch etwas mit den vierzig Euro zu tun, die ich ihm noch für seinen Helm schulde.

Das Geld habe ich. Kein Problem. Ich muss die zerknickten Scheine nur aus der Zigarrenkiste herausholen, zu Alex hingehen und sie ihm in die Hand drücken. Doch jedes Mal, wenn ich danach greifen will, scheue ich im letzten Moment zurück. Vielleicht, weil uns ohne Schulden gar nichts mehr verbindet.

Nach seiner Entlassung aus dem Krankenhaus wagte sich Alex anfangs nicht auf die *Pussycat*. Erst als er wieder sicher auf den Beinen war, drückte er mir den gelben Reservehelm in die Hand, um mit mir gemeinsam durch die Gegend zu knattern.

Auf einer dieser Fahrten zeigte ich ihm den Weg zu einem Badesee außerhalb der Stadt, den ich durch meine einsamen Radtouren kannte. Vorher hatte ich Alex das feierliche Versprechen abgenommen, keinem Menschen vom Keilsee zu erzählen, denn er ist ein echter Geheimtipp und darum nicht so überlaufen.

Wir verbrachten viel Zeit dort und gingen schwimmen, chillten im Gras oder schauten den Hunden zu, wie sie mit hektischen Pfotenschlägen ihre Stöckchen aus dem Wasser holten.

Und einmal, während ich Kiesel auf Kiesel stapelte, startete Alex wieder eine seiner Fragerunden.

Alex: Ich habe mir *Interpol* angehört. Finde ich cool! Hast du ein Lieblingslied?

Josh: ›Evil‹.

Alex: Was magst du daran?

Josh: Die Stimmung.

Alex: Beschreib mir die Stimmung.

Josh: Düster und traurig. Für mich klingt der Sänger, als ob er sich von allen unverstanden fühlt.

Alex: So wie du?

Josh: Schon möglich.

Alex: Und wer versteht dich?

Josh: Vermutlich keiner. Vielleicht du?!

Alex: Düster, traurig, unverstanden: hört sich nach dem Soundtrack deines Lebens an.

Josh: Sehr witzig, Alex.

»Komm schon, war nur ein Scherz.« Alex hob den nassen Kopf, Wassertropfen perlten ihm aus den dunkelblonden Haaren über die Stirn ins Gesicht. »Wo gehen eigentlich die ganzen Leute hin?«, fragte er verwundert.

In einiger Entfernung wateten ein paar Menschen durchs brusttiefe Wasser zu einer Landzunge auf der anderen Seite. Dabei hielten sie sich Plastiktüten mit ihren Sachen über die Köpfe.

Ich sah kurz hoch, dann stapelte ich weiter meine Kieselsteine. »Keine Ahnung.«

»Da! Schon wieder so ein Grüppchen. Da muss doch irgendwas sein.« Alex sprang auf und klaubte seine Klamotten zusammen. »Finden wir es heraus!«

»Ist doch ganz gut hier«, murrte ich.

»Auf geht's!« Mit dem Fuß kickte Alex meinen Kieselturm um. »Beweg deinen faulen Hintern.«

Ich wies auf den gelben Helm neben mir im Gras. »Und was ist damit? Der passt doch nicht ins Sitzfach des Rollers. Soll ich den etwa mitschleppen?«

Er winkte ab. »Quatsch, den verstecken wir irgendwo im Gebüsch.«

»Und wenn er geklaut wird?«

Alex schnaufte genervt. »Mann, Josh, du alter Schisser, den klaut schon keiner.«

Und so wateten Alex und ich kurz darauf in Badehosen durch das tiefe Wasser, wobei auch wir unsere Kleider und Handys schützend in die Höhe hielten.

Als wir die Landzunge endlich erreichten, stieß Alex einen beeindruckten Pfiff aus.

Überrascht blickte ich auf ein zweites, großes Gewässer. »Ich wusste gar nicht, dass es auf dieser Seite noch einen See gibt.«

Alex sah mich entgeistert an. »Bist du blind oder was? Wo schaust du denn hin? Das hier ist ein FKK-Strand.«

Erst jetzt bemerkte ich, dass die Badegäste an diesem Ufer alle nackt waren. Manche lagen auf Handtüchern, andere standen einfach nur herum und unterhielten sich.

Ich wollte mich schon zum Gehen wenden, da ließ Alex seine Sachen fallen und schlüpfte aus der Badehose.

»He, was machst du?«, rief ich entsetzt.

Er warf mir einen herausfordernden Blick zu. »Na los, runter mit dem Ding!«

Unwillig schüttelte ich den Kopf. »Lass uns lieber umkehren.«

Alex grinste breit. »Joshua Landauer, weißt du, was dein Problem ist?«

Ich starrte auf meine sandigen Füße.

»Du bist viel zu verklemmt. Höchste Zeit, dass du ein bisschen lockerer wirst.«

Weil mich das ärgerte, schlüpfte ich aus meiner nassen Badehose und hielt sie wie einen Schutzschild vor mich.

Alex brach in Gelächter aus. »Na komm, suchen wir uns einen guten Platz.«

Wir legten unseren Kram bei einer Trauerweide, deren Äste übers Wasser ragten, in den Halbschatten. Ich schwieg noch immer betreten.

Alex lief in den See. »Lass uns schwimmen. Bis zur Boje dahinten und wieder zurück – vielleicht bringt dich das auf andere Gedanken.«

Tatsächlich, im Wasser fühlte ich mich bedeutend besser und nicht so von allen beobachtet. Alex kraulte mit langen eleganten Zügen bis zur Boje und ich versuchte einigermaßen mitzuhalten. Anschließend fielen wir außer Atem auf unsere Handtücher.

Allmählich ließ meine Nervosität nach. Die Leute hier verhielten sich auch nicht anders als gewöhnliche Badegäste. Auf einmal kam ich mir wegen meiner Unsicherheit ganz schön blöd vor.

Alex folgte meinen Blicken. »Warst du noch nie vor anderen nackt?«

»Nicht wirklich«, meinte ich und wischte mir mit einer Hand den Sand von den Schenkeln.

»Dann lief bisher wohl nichts mit deiner *Traumfrau*. Ich nehme an, du willst mir immer noch nicht erzählen, wer es ist?«

»Nein.«

Er bohrte weiter. »Cheyenne vielleicht?«

»Bist du verrückt?«, prustete ich los. »Die hat einen miesen Charakter.«

Er nickte. »Das stimmt allerdings. Wusstest du, dass

alle Mädchen, die bei den *Pink Ladies* aufgenommen werden wollen, eine Mutprobe machen müssen?«

»Was denn für eine Mutprobe?«

»Sie schickt sie mit einer Einkaufsliste in Kaufhäuser und Klamottenläden des Einkaufszentrums. Nur bezahlen sollen sie für die Sachen nichts.«

Erstaunt richtete ich mich auf. »Du meinst, sie stehlen?«

Alex nickte. »Allerdings. Die *Pink Ladies* klauen wie die Raben.«

Verwundert runzelte ich die Stirn. »Woher weißt du das alles?«

Alex rieb sich den Sand von den Händen. »Hat mir Cheyenne gestanden.«

»Warum sollte die dir das erzählen?« Verblüfft starrte ich ihn an.

»Tja ...« Er lächelte vielsagend. »Also, du musst das aber für dich behalten. Versprich es!«

Ich hielt zwei Finger in die Höhe. »Mein Wort drauf.«

»Cheyenne und ich ... wir hatten da mal was laufen.«

»W-was? Wann denn?«

»Ist schon ein Weilchen her. Kurz vor meiner Meningitis. Wir waren auf irgendeiner Party. Ehrlich gesagt war ich total breit. Jedenfalls haben wir plötzlich in einer Ecke rumgeknutscht. Ich kann dir nicht mal sagen, wer den Anfang gemacht hat.«

»Nur rumgeknutscht?«

»Nehme ich mal an.« Er zuckte die Schultern. »Meine Erinnerung daran ist nicht mehr ganz so klar ...«

Alex ließ bei Mädchen ja selten etwas anbrennen. Aber Cheyenne? »Und ging es danach noch weiter?«

»Nein. Die ist echt nicht mein Fall. Aber Cheyenne hat mich noch eine ganze Weile gestalked: *Friendbook*, massenhaft Nachrichten und einmal stand sie sogar bei mir zu Hause auf der Matte.« Er boxte mir auf den Oberarm. »Und du?«

»Was – und ich?«

»Hast du schon mal mit einem Mädchen rumgemacht?«

»Nicht direkt«, murmelte ich.

»Was soll das denn heißen? Rück schon raus damit!«, forderte er mich auf.

»Na ja, es gibt da dieses eine Mädchen.«

Alex schob sich interessiert näher.

»Sie ist die Tochter von Harald, dem Freund meiner Mutter.«

»Oha!!«

»Lach doch nicht so bescheuert, Alex. Peggy ist erst dreizehn, sieht aber älter aus. Einmal war sie mit Harald bei uns, als ich krank war, und da ist sie einfach zu mir unter die Decke geschlüpft.«

»Und? Mach es doch nicht so spannend!«

»Fünf Minuten später ist Harald in mein Zimmer geplatzt und natürlich vollkommen ausgerastet. Er hat mich angebrüllt, Peggy aus dem Bett gezerrt und sie sofort nach Hause gebracht.«

»Hast du sie danach wiedergesehen?«

»Nein. Sie durfte nie wieder mit zu uns. Aber seither schickt sie mir dauernd Fotos über *Smartchat*.«

Er zog seine Augenbrauen in die Höhe. »Fotos? Was denn für Fotos?«

Ich sah ihn an. »Du weißt genau was für Fotos.«

»Na los!« Alex wurde ganz hibbelig. »Zeig her! Worauf wartest du noch?«

Ich kramte das Handy zwischen meinen Sachen hervor und suchte die Bilder heraus.

»O, là, là!«, stieß Alex aus, während er durch die Aufnahmen blätterte. »Wenn das der Harald wüsste.«

Abends brachte mich Alex zurück. Nachdem ich vom Roller gestiegen war, reichte ich ihm den Helm.

»Behalt ihn erst mal.«

»Wozu?«

»Dann muss ich den nicht immer mitschleppen, wenn ich dich abhole. Und wer weiß, vielleicht hast du ja selbst irgendwann mal einen Roller.«

Darüber hatte ich noch gar nicht nachgedacht. Eigentlich fand ich die Idee gar nicht so übel. »Ich könnte ihn dir ja abkaufen. Wie viel willst du dafür? Vierzig Euro?«

Er winkte ab. »Ach, da einigen wir uns schon irgendwie.«

Kippen zum Frühstück

Mein Handy weckt mich früh. Ich liege auf dem Bauch, unter mir das Foto von Rikki und ihren Brüdern. Dummerweise vom Schlaf total zerknittert.

Seit mir Alex im *Hühnerhugo* die Vorteile von *Friendbook*

erklärt hat, checke ich schon morgens im Bett die neusten Nachrichten. Damit verbringe ich meist mehr Zeit als im Bad. Über *Smartchat* hat mir Peggy ein Foto geschickt. Mal wieder. Sie hält eine Kette in die Kamera und macht dazu ein albernes Duckface. *Miss you so* steht mit ein paar gebrochenen Herzchen darunter. Immerhin hat sie auf diesem Bild zur Abwechslung was an.

Wenig später blitzt erneut Annas Foto auf. Anna. Anna. Anna. Immer wieder Anna. Unaufhörlich wird die Aufnahme weiter und weiter geteilt, längst geht das über unsere Schule hinaus. Demnach hat sich mein Problem über Nacht alles andere als in Luft aufgelöst, sondern wird nur noch mehr angeheizt. Sofort fühle ich mich sauschlecht.

Von den unzähligen Leuten, die das Ganze kommentieren, kenne ich kaum jemanden. Die meisten Zeilen sind bösartig. Sie machen sich über Anna, ihre Oberweite oder ihren Spitznamen lustig. Nur Rikki hält leidenschaftlich dagegen, beschimpft unermüdlich die Runde und droht alle zu melden. Melden bringt zwar nichts, doch wenigstens unternimmt Rikki etwas. Im Gegensatz zu mir. Aber ein Kommentar ausgerechnet von meiner Seite wäre doch total verlogen.

Am liebsten würde ich heute zu Hause bleiben. Trotzdem springe ich aus dem Bett und stehe gleich darauf vor dem besetzten Bad.

»Harald«, rufe ich durch die geschlossene Tür. »Leg einen Zahn zu, ich muss zur Schule.«

Keine Antwort.

Meine Mutter schläft um die Zeit meistens noch. Als ich

klein war, hat sie mir manchmal Kakao und eine *Ritter-Rost*-Brotbox mit Bifi und zwei Scheiben lappigem Toast darin für die Schule hingestellt. Heute Morgen finde ich in der Küche bloß einen überquellenden Aschenbecher.

Die Kaffeemaschine gibt knackende Geräusche von sich, die Kanne ist jedoch bereits leer. Typisch Harald. Hauptsache, er bekommt seine blöde kleine Thermoskanne voll. Im Kühlschrank schwimmt eine einsame Gurke in ihrem Glas wie der letzte verbliebene Goldfisch. Mehr als einen vertrockneten Kanten rückt auch der Brotkasten nicht heraus. Nur in der Pfanne liegt noch eine halbe Bratwurst von gestern Abend. Mit zwei Fingern löse ich sie aus dem weißen Fettmantel und beiße ein Stück ab. Gleich darauf wandert das gummiartige Teil in den Mülleimer – zusammen mit Haralds Kippen.

Ich kehre in den Flur zurück. »Harald«, rufe ich jetzt lauter. »Ich muss da wirklich rein!«

Während ich warte, stelle ich mich vor den Garderobenspiegel und reibe mir mit den Fingern den Schlaf aus den Augen. Danach bringe ich meine dunklen Haare in Ordnung. Als Harald immer noch nicht reagiert, rüttle ich energisch an der Klinke.

Ich rechne damit, dass er jeden Moment die Tür aufreißt und mir wütend an die Gurgel geht. Das wäre nicht das erste Mal. Stattdessen höre ich ein leises Wimmern. »Lass mich in Ruhe!«

Ich ahne Schlimmes. Rasch schaue ich mich auf dem Boden um. Tatsächlich: Haralds Schuhe sind weg, auch keine Spur von seiner Tasche mit der Thermoskanne.

»Mama?!«

Einen Moment bleibt es still. »Ach Joshi, mir geht es nicht so gut«, höre ich dann gedämpft.

»Ich muss zur Schule«, rufe ich. »Kann ich rein?«

»Mir geht es wirklich nicht so gut«, wiederholt sie.

Schon bei der Trennung von meinem Vater vor über acht Jahren hing meine Mutter immer wieder mal schwer durch. Seitdem sie jedoch wegen dieser dummen Sache ihre Stelle bei der Bank verloren hat, kommt sie nicht mehr richtig hoch. Sie hatte »aus Versehen« den Gehaltszettel einer Kollegin aufgerissen, die den gleichen Job wie sie machte, aber trotzdem deutlich mehr verdiente. Als sie sich darüber bei ihrem Chef beschwerte, entließ der sie fristlos. Seitdem ist sie bei keiner Bank mehr untergekommen und alle anderen Stellenangebote sind ihr nicht gut genug. Und so sucht sie jetzt über das Internet einen gut betuchten Mann fürs Leben.

Harald ist das jedenfalls schon mal nicht, so viel steht fest.

»Habt ihr euch wieder gestritten?«

»Ich finde alles so traurig, Joshi«, antwortet sie schleppend. »So schrecklich traurig.«

Jetzt gibt es nicht den geringsten Zweifel, Katja hat wieder der Blues erwischt. Eins habe ich im Laufe der Jahre gelernt: Ich kann meiner Mutter nicht helfen, wenn sie so drauf ist.

Rasch ziehe ich mich an, packe meine Sachen und schrubbe mir in der Küche die Zähne notdürftig mit dem Finger.

Mit fünfundzwanzig Minuten Verspätung erreiche ich die Schule und überlege, ob ich nicht besser die erste Stunde ganz ausfallen lasse. Denn wenn ein Schüler in Chemie zu spät kommt, wird Konrektor Zeisig zum Kotzbrocken. Er nimmt dich noch in der Jacke dran und prüft auf der Stelle mündlich, um dir dann höhnisch eine »Sechs-To-Go« zu geben. Das würde mir gerade noch fehlen.

Darum betrete ich den Chemieraum und erkläre mit fester Stimme: »Jemand hat mir meine Fahrradventile geklaut, tut mir leid.«

Ich weiß, dass der Zeisig auch ein besonders pingeliger Gerechtigkeitsfanatiker ist, der an der Schlechtigkeit der Welt leidet und sich gerne darüber auslässt. Der Trick funktioniert. Er winkt mich auf meinen Platz und holt zu einer langatmigen Rede über das unsoziale Verhalten mancher Mitmenschen aus.

Während ich mich setze, scanne ich den Raum nach Anna ab. Sie ist nicht da.

Nach der Stunde fängt mich Rikki an der Tür ab und geht mit mir zusammen vom Labor Richtung Klassenzimmer. »Hast du mitbekommen, was der Zeisig vorhin über Anna gesagt hat?«

Ich ziehe die Stirn kraus. »Was denn?« Mir fällt auf, dass Alex hinter uns geht und uns argwöhnisch beobachtet.

»Sie liegt im Krankenhaus, Blinddarmentzündung.« Rikki beißt sich auf die Lippe. »Würdest du mir einen Gefallen tun?«

»Sicher, worum geht's?«

»Ich möchte Anna heute nach dem Training besuchen. Begleitest du mich? Ich hasse Krankenhäuser.«

»Klar.«

»Danke, du bist ein echter Freund.«

Gleich darauf stolpere ich über meine eigenen Füße. Ich würde ja lieber cool wirken. Aber mein Herz klopft einfach wie verrückt. Ich kann mich nicht so recht daran gewöhnen, dass Rikki mit mir spricht.

7 Das haben sie euch gesagt?

Am Nachmittag erreiche ich lange vor der verabredeten Zeit das städtische Hallenbad. Im überheizten Vorraum riecht es nach Chlor. Ich setze mich auf eine der Bänke, stecke die Hände in die Hosentaschen und beobachte durch die große Unterwasserscheibe das Treiben im Becken. Aus diesem Blickwinkel wirken die Beine der Schwimmenden riesig. Rikkis Trainingsgruppe kann ich allerdings nirgends sehen. Ein kleines Kind mit schwarzen Haaren und blauer Schwimmbrille taucht kopfüber in die Tiefe und klopft an das dicke Glas. Kleine Blasen treten aus seiner Nase und steigen trudelnd zur Wasseroberfläche auf.

Ich winke kurz, mache ein Bild mit meinem Handy.

»*Hola*«, ruft Rikki und gibt mir einen Klaps auf die Schulter. »Wartest du schon lange?«

Vor Schreck fegt meine Hand das Papiertütchen mit dem Gummizeug von der Bank, das ich zuvor am Kiosk besorgt habe. »Gerade erst gekommen«, bringe ich heraus. Ich starre ihre nassen Haare an. Dafür, dass gerade ein anstrengendes Training hinter ihr liegt, sieht sie überraschend frisch aus.

Lachend hebt sie die Tüte auf. »Oh, ist das etwa für mich?«

»Für Anna«, antworte ich. »Als kleines Mitbringsel. Wollen wir zum Krankenhaus laufen? Es sind aber gut zwanzig Minuten.«

Zu meiner Freude ist Rikki einverstanden.

»Wenn du die Süßigkeiten nimmst, trage ich deine Sporttasche«, schlage ich vor.

Sie reicht mir bereitwillig ihre Tasche und wirft dann einen genaueren Blick in die Tüte. »Kann ich mir eins nehmen?«

Ich nicke. »Klar.«

Wir treten hinaus auf die stark befahrene Hauptstraße. Rikki fischt sich eine Gelee-Himbeere heraus. Danach schnappt sie sich gleich noch einen Schlumpf und eine rote Schnecke. Dann hält sie mir die Tüte hin. Zögerlich nehme ich mir einen rosa Schaumpilz.

»Stell dir vor«, erzählt sie mit vollem Mund, »seit gestern textet mich Alex mit endlosen Nachrichten voll. Auf einmal will er das mit Annas Foto gar nicht mehr gewesen sein. *Angeblich* hat sich jemand in seinem Namen eingehackt, *angeblich* den Text dazu geschrieben und *angeblich* das Bild in seinem Namen geteilt.« An der roten Ampel schnaubt sie verächtlich. Ohne nachzudenken, setzt sie einen Fuß auf die Straße. »Unglaublich, nicht wahr?«

»Na ja.« Schnell ziehe ich sie auf den Bürgersteig zurück. »Möglich wäre es ja ...«

»Schwachsinn«, urteilt sie scharf, während die Ampel auf Grün schaltet. »Absoluter Schwachsinn!«

»Und wenn Alex die Wahrheit sagt? Warum sonst sollte er das behaupten?«

Sie schüttelt ihre nasse, schwarze Mähne. »Na, weil er was von mir will. Aber der Typ ist für mich so was von gestorben.«

Mein schlechtes Gewissen quält mich. Habe ich mir gewünscht, dass sich Rikki von Alex abwendet? Ja, aber nicht mit diesem grenzenlosen Hass ... »Findest du das nicht übertrieben?«

»Und was er da mit Anna abgezogen hat, das findest du nicht übertrieben?«

»Nun, Anna hat doch gewusst, was sie da tut«, versuche ich sie zu besänftigen. »Verstehe mich bitte nicht falsch. Müsste sie nicht eigentlich damit rechnen, dass so etwas passiert?«

Überrascht schaut Rikki mich an. »Willst du etwa sagen, dass sie an der ganzen Sache selbst schuld ist?!« Sofort bildet sich wieder die senkrechte Falte auf ihrer Stirn.

»Nein«, widerspreche ich leise. »Ich möchte es nur begreifen.«

»Ich will dir mal was erklären: Wenn du einem Jungen so eine private Aufnahme schickst, weil du ihn wahnsinnig gernhast, dann versteht es sich doch von selbst, dass er dieses Bild nicht mit der ganzen Welt teilt. Und schon gar nicht mit so einem ätzenden Kommentar. Im Grunde zeigt die ganze Geschichte doch nur eins: Du kannst diesem Scheißkerl Alex einfach nicht vertrauen.«

Als sie mein Gesicht sieht, hält Rikki inne. »He, *tonto*«, sagt sie und grinst mich an. »Schau doch nicht so betroffen. Ich bin doch schließlich nicht auf dich sauer.« Kurz berührt sie meinen Arm. »Danke noch mal, dass du mich begleitest.«

Später im Krankenhaus irren wir auf der Suche nach Annas Zimmer durch die Stockwerke. Beißender Desinfektionsgeruch steigt mir in die Nase. Alles sieht irgendwie gleich aus. Überall schlurfen Patienten in Bademänteln über die Gänge. Einige klammern sich dabei an die beweglichen Injektionsständer, andere werden von ihrem Besuch im Rollstuhl herumgeschoben. Irgendwann bittet Rikki eine Krankenschwester um Hilfe, die im Computer nachsieht und uns den Weg in die richtige Station zeigt.

»Da ist ja Frau Damberg«, ruft Rikki plötzlich.

Tatsächlich, am anderen Ende des Flures steht Annas Mutter. Sie trägt einen Mantel und presst ihre Handtasche wie einen Teddy an sich.

»*Hola*«, grüßt Rikki freundlich. »Wie geht es Anna?«

Frau Damberg hat dunkle Augenringe und wirkt leicht abwesend.

»War es denn wirklich der Blinddarm«, hakt Rikki nach, »oder bloß falscher Alarm?«

»Mein Mann spricht gerade mit dem Doktor«, murmelt Annas Mutter zerstreut. Ihr Blick ist auf das gläserne Stationszimmer gerichtet. Ein grauhaariger Mann in Jeans und brauner Lederjacke steht dort bei einem Arzt. Dann schaut sie uns irritiert an. »Äh, wieso Blinddarm?«, fragt sie, als hätte Rikkis Frage sie durch ihren Gedankennebel erst jetzt erreicht.

»Wurde uns heute im Unterricht erzählt«, antwortet Rikki.

»Wie bitte?«, fragt Frau Damberg erschüttert. »*Das* haben sie euch in der Schule gesagt?«

Rikki nickt. »Wieso? Stimmt was nicht?«

Brüsk wendet sich Frau Damberg ab. »Das ist doch unfassbar«, schluchzt sie.

In diesem Augenblick kommt ihr Mann herüber und legt beruhigend den Arm um sie. »Keine Angst, der Arzt sagt, Annas Zustand ist stabil.«

Ich bin verwirrt. Irgendetwas stimmt hier nicht.

Aber Rikki lässt natürlich nicht locker. »Was ist denn eigentlich los?«

Herr Damberg schluckt. »Anna hat versucht sich das Leben zu nehmen.«

Wie betäubt sitze ich in der Straßenbahn. Gleich nach der Schocknachricht von Annas Vater ist Rikki weggerannt. Ich nicht. Meine Beine gehorchten mir einfach nicht. Und so musste ich mir anhören, wie sich die Dambergs Vorwürfe machten, weil sie ihren Apothekerschrank nicht abgeschlossen hatten.

Zum Glück war Annas Tablettendosis nicht lebensgefährlich. Aber keiner weiß, wie die Sache ausgegangen wäre, wenn ihre Mutter nicht noch mal nach ihr gesehen hätte.

Zu Hause riecht es nach Zigarettenqualm. Durch Katjas

Zimmertür höre ich, dass der Fernseher läuft. Ich gehe direkt in mein Zimmer, schalte *Interpol* ein und werfe mich aufs Bett.

Ich spüre nichts. Absolut nichts. Ich bin leer. Wie abgeschaltet.

Es dauert nicht lange, da betritt meine Mutter, ohne anzuklopfen, das Zimmer und macht als Erstes die Musik leiser.

»Sagst du nicht mehr Hallo, wenn du nach Hause kommst?«

Ich öffne den Mund. Keine Worte kommen.

»Ach, Joshi«, meint sie sanft, setzt sich zu mir aufs Bett und legt den Arm um mich.

Diese Berührung ändert alles. Meine Gefühle kehren langsam zurück. Scham, Angst, Wut. Jeden Moment bricht ein Geständnis aus mir heraus. Mit wem sonst soll ich über meine Sorgen sprechen? Bloß wie beginnen? Mit dem unglückseligen Post? Mit Rikki oder Alex? Oder Annas Selbstmordversuch, den ich ganz bestimmt nicht gewollt habe?

»Wegen heute Morgen«, beginnt meine Mutter langsam. »Also ... ich ...« Sie bricht ab. Ihr Blick ist glasig.

Jetzt begreife ich: Sie will gar nicht wissen, was mit mir los ist, sondern nur über sich selbst sprechen.

»Was ich sagen möchte«, haucht sie. »Du und ich, wir haben es doch eigentlich richtig schön, findest du nicht?«

Diesen Ton kenne ich gut. Morgens herrscht der Blues, abends ist alles wieder *so schön.* Ihre Klamotten stinken nach Rauch. Das nervt mich. Sie hat vor Jahren mit den

Zigaretten aufgehört. Aber jetzt fängt sie anscheinend wieder an. Haralds schlechter Einfluss, schätze ich.

»Ich habe so einen wundervollen großen Sohn.« Gerührt fährt sie mir durch die Haare.

Weiß der Teufel, was gerade bei ihr los ist. Und ich will es gar nicht wissen. Ich habe meine eigenen Probleme. Nicht auszudenken, wenn Anna wegen mir gestorben wäre! Morgen muss ich Alex die Wahrheit sagen, beschließe ich. Es gibt keinen anderen Weg.

Gegen drei Uhr nachts bin ich immer noch wach. *Interpol* läuft in Endlosschleife.

Barfuß schleiche ich in die Küche. Auf dem Tisch steht eine angefangene Flasche Rotwein. Ich setze sie an und trinke sie in einem Zug aus. Der Alkohol schmeckt nach Tinte.

Alle sprechen über Anna

Auch am nächsten Morgen hat sich nichts an meinem Entschluss geändert, Alex die Wahrheit zu sagen. Jedenfalls bis ich im Bett meine Nachrichten checke. Annas Selbstmordversuch hat sich bereits im Klassenchat herumgesprochen. Mit einem unguten Gefühl verfolge ich den Nachrichtenstrom bis zu seiner Quelle zurück: Cheyenne. Wieso weiß das Klassenbiest Bescheid? Und einen Schuldigen hat sie auch schon ausgemacht: Alex, gegen den sie heftig austeilt.

Noch gestern hat Alex in der Schule strahlend gelächelt,

heute sitzt er stumm, blass und ausdruckslos auf seinem Tisch. Paolo flüstert auf ihn ein, Doppel-D nickt zustimmend und Elsa legt ihm die Hand auf die Schulter, die er sogleich entnervt abschüttelt. Ich kann mir denken, was die drei Alex sagen: *Ist doch nicht deine Schuld ... Das konnte doch niemand vorhersehen ... Die Nonne hat einfach überreagiert ... Kopf hoch, das wird schon wieder ...*

Aber solche Beschwichtigungen können Alex nicht beruhigen. Genauso wenig wie mich.

Kurz fange ich seinen Blick auf. Noch bevor ich ein unbeteiligtes Gesicht aufsetzen kann, wendet er den Kopf ab.

Von der anderen Ecke des Zimmers höre ich Gezicke. Ich drehe mich um und sehe gerade noch, wie Rikki mit einer kräftigen Bewegung Cheyennes Sachen vom Tisch fegt. Die *Pink Ladies* starren sie schockiert an.

Cheyenne trägt einen viel zu engen Rock und einen Mohair-Pullover, dessen feine Fäden in der Luft hin und her schweben. Sie giftet Rikki an, dass sie das ganze Zeug wieder aufheben soll. Doch Rikki kippt stattdessen mit einem Ruck den ganzen Tisch um. Laut kracht er zu Boden. Nur durch einen beherzten Sprung nach hinten rettet Cheyenne ihre sorgfältig lackierten Zehen vor der niedersausenden Tischkante.

Mitten in diesem Chaos betritt Herr Brinkmann, unser Englischreferendar, fast unbemerkt das Klassenzimmer. Er stellt die Aktentasche ab, fährt sich nervös über sein Bärtchen, das nicht so recht wachsen will, und ruft mehrfach »So«, um mit dem Unterricht zu beginnen. Als das nicht klappt, klatscht er in die Hände. Vergebens.

Alle reden weiter wild durcheinander. Die *Pink Ladies* richten Cheyennes Tisch wieder auf. Ringo kommt zu spät, schlendert in seiner schwarzen Motorradjacke lässig durchs Zimmer, klopft Alex auf die Schulter und beglückt ihn mit seinem irrsinnigen Zahnfleischlächeln. Dann klatscht er seine Kumpels ab.

Brinkmann reagiert gereizt. »Ringo, setz dich an deinen Platz.«

Aber Ringo beachtet ihn nicht.

Verzweifelt fährt sich der Lehrer durch die dunkelblonden Haare. »Was ist nur mit euch los?«

»Was los ist?«, wiederholt Elsa. »Haben Sie denn nicht von der Sache mit Anna gehört?«

Betreten blickt Brinkmann zu Boden. »Der Direktor hat uns heute Morgen darüber informiert«, murmelt er. Dann räuspert er sich. »Aber wir müssen jetzt trotzdem anfangen.«

»Wollen Sie denn nicht mit uns darüber reden?«, hakt Elsa nach.

Brinkmann wägt für einen Moment ab, ob die Frage ernst gemeint ist oder nur ein Ablenkungsmanöver. Er räuspert sich erneut. »Also ehrlich gesagt müssen wir dringend mit dem Stoff durchkommen. Wie ihr alle wisst, hinken wir da beträchtlich hinterher.«

»Moment mal«, mischt sich Cheyenne jetzt ein, während die *Pink Ladies* emsig ihre Sachen aufsammeln, und weist empört auf Alex. »Sie glauben doch nicht ernsthaft, dass wir mit dem da in einem Raum sitzen und ganz normal Unterricht machen.«

Ihre *Ladies* nicken zustimmend.

Alex ist wie vom Donner gerührt. Wieder wirft er mir einen Blick zu, wieder schaue ich schnell weg.

Herr Brinkmann winkt ab. »Das solltet ihr besser mit eurer Klassenlehrerin besprechen.« Er entnimmt seiner Tasche einen Hefter und wedelt damit herum. »Geht auf eure Plätze und lasst uns anfangen.«

Als immer noch keiner reagiert, hebt er seinen Stift wie eine Antenne in die Höhe. »Wenn ihr nicht mitarbeitet, muss ich einen Eintrag machen. Der gilt dann für die ganze Klasse.«

Nachdem auch das keinerlei Wirkung zeigt, verlässt er fluchtartig den Raum. Seine Tasche bleibt verwaist auf dem Lehrerpult zurück.

Ringo johlt beglückt los, seine Kumpels lachen.

Ich spüre eine Hand auf meinem Arm und sehe auf.

»Sorry, dass ich dich gestern im Krankenhaus im Stich gelassen habe«, entschuldigt sich Rikki. »Aber das war einfach zu viel für mich.« Sie weist mit dem Kopf zu Alex ein paar Reihen vor uns. »Und an allem ist bloß der schuld!«

Ich schlucke. »Das hat Alex bestimmt nicht gewollt«, verteidige ich ihn.

»Mag schon sein«, findet Rikki, »aber das nützt Anna jetzt auch nichts mehr.«

Ringo schnappt sich Brinkmanns Tasche, stöbert darin herum, zieht ein in Papier gewickeltes Käsebrot heraus und leckt es ab.

»Was war das denn eben mit dir und Cheyenne?«

Rikki zögert. »Du kennst doch die blöde Kuh. Die hat

nur *mierda* über Anna erzählt.« Sie ballt ihre Faust. »Diese Schlampe hat so viel Mitgefühl wie ein Serienkiller. Jemand musste ihr einfach mal die Grenzen aufzeigen.«

Da betritt Frau Dr. Störmer das Zimmer, zusammen mit Brinkmann und Beate Aigner, der Schulsozialarbeiterin mit der getönten Brille. Weil die meisten Respekt vor unserer Klassenlehrerin haben, setzen sich jetzt alle. Viel stiller wird es dennoch nicht. Zu meiner großen Überraschung lässt sich Rikki auf den freien Stuhl neben mir fallen.

»Guten Morgen«, grüßt Frau Dr. Störmer ruhig und schaut nachdenklich in die Runde. »Ich habe Frau Aigner gebeten mich zu begleiten.«

Jeder an unsrer Schule kennt Beate. In ihrem Büro neben dem Lehrerzimmer empfängt sie regelmäßig Schüler, die jemanden zum Reden brauchen, wenn sie Stress mit Freunden, Klassenkameraden oder Lehrern haben.

»Offensichtlich habt ihr von Anna gehört«, fährt unsere Klassenlehrerin entschlossen fort. »Ich darf euch mitteilen, dass es ihr den Umständen entsprechend gut geht.« Sie holt tief Luft. »Ihr wisst sicher auch, warum Anna sich das Leben nehmen wollte. Es geht um ein bestimmtes Foto, das gepostet und geteilt wurde. Wir werden der Sache nachgehen, die Polizei informieren und den Verantwortlichen ausfindig machen. Das wird auf jeden Fall strenge Konsequenzen nach sich ziehen.«

Sie macht eine Pause. Ihr Blick schweift über die Klasse, während Herr Brinkmann sich gegen das Waschbecken lehnt und Alex anstarrt.

Frau Dr. Störmer ergreift wieder das Wort. »Bis dahin verlange ich von euch eines: Teilt dieses Foto nicht weiter. Keine SMS, keine Postings, setzt keine neuen Gerüchte in die Welt. Denn das macht alles noch viel schlimmer. Wenn ihr reden wollt, kommt zu mir oder zu Frau Aigner.«

»Als Nächstes kassieren sie unsere Handys ein«, raunt Rikki mir zu und lässt einen schwarzen Eddingstift immer wieder um sich selbst kreisen.

»Rikki?!« Unsere Klassenlehrerin sieht sie streng an. »Du hast eine Frage dazu?«

»Allerdings.« Rikki steht auf. »Ich würde gerne wissen, warum uns Herr Zeisig angelogen hat. Von wegen Blinddarmentzündung.«

Die Lehrerin faltet die Hände ineinander. »Ich will ehrlich zu dir sein: Wir wollten die Geschichte nicht an die große Glocke hängen. Wäre es nach mir gegangen, hättet ihr am besten gar nichts davon erfahren.«

»Und wieso?« Rikkis Stimme wird noch ungehaltener. »Warum dürfen wir nicht die Wahrheit erfahren? Sonst reden Sie doch auch immer von Solidarität und Klassengemeinschaft.«

Rikkis Unerschrockenheit beeindruckt mich sehr.

»Mit euch hat das nichts zu tun«, beschwichtigt sie die Störmer. »Ich hätte mir bloß gewünscht, dass Anna unbelastet wieder am Unterricht teilnehmen kann. Jetzt, nachdem alle davon wissen, wird ihr die Rückkehr sehr viel schwerer fallen. Dass jemand glaubte ihren Suizidversuch über soziale Netzwerke verbreiten zu müssen, ist genauso schlimm wie die Sache mit dem Foto.«

Rikki weicht alle Farbe aus dem Gesicht. Schweigend sinkt sie auf ihren Stuhl zurück.

Nur zwei Schüler wussten davon: sie und ich. Erneut frage ich mich, wie Cheyenne von Annas Selbstmordversuch erfahren konnte.

Prompt schaltet die sich nun ebenfalls ein: »Und was ist mit Alex? Die ganze Klasse weiß, dass er hinter der Sache mit dem Foto steckt.«

Alex springt auf. »Ich war das nicht«, ruft er verzweifelt. »Das schwöre ich!«

»Wieso haben dann alle das Bild von dir bekommen?«, beharrt Cheyenne.

»Jemand muss sich in meinen Account gehackt haben!«

»Komisch«, ätzt Rikki. »Am Montag hast du dich noch von allen groß zu deinem Post feiern lassen.«

»Ich ...«, setzt Alex zu einer Erklärung an.

»Leute«, unterbricht Beate Aigner. »Hört bitte mit den Verdächtigungen auf. Die Schule wird der Sache nachgehen und sämtliche Hintergründe aufklären, das verspreche ich.«

Rikki lässt nicht locker. »Aber es ist doch eindeutig Alex' Schuld.«

Beate schüttelt den Kopf. »Auch hier gilt die Unschuldsvermutung: im Zweifel für den Angeklagten. Veranstaltet bis zur endgültigen Aufklärung also bitte keine Hexenjagd. Wenn ihr ein Problem habt, kommt jederzeit zu mir. Das gilt insbesondere auch für dich, Alex.«

Angespannt verfolge ich das Hin und Her. Mir ist klar, dass es an der Zeit ist, meine Schuld einzugestehen. Die ganze Sache läuft einfach immer mehr aus dem Ruder. Ich stehe auf, weiß noch nicht, wie ich es sagen soll, aber bevor ich den Mund öffnen kann, zieht mich Rikki am Ärmel wieder zurück auf meinen Stuhl.

»Lass es«, flüstert sie. »Du siehst doch, dass es keinen Sinn hat. Wir werden den nicht los.«

Meine Augen suchen Alex, der wie ein Häufchen Elend dasitzt. Mit ihm zumindest muss ich sprechen, und zwar so schnell wie möglich.

In der Pause gehe ich zu ihm hinüber. Er sitzt allein am Tisch, seine Fans haben sich davongemacht. Umso besser.

»Alex«, beginne ich. »Wir müssen reden.«

Ungläubig sieht er mich an, steht auf und hastet davon.

Der Roller kennt den Weg

Als Alex und ich noch befreundet waren, hatte ich manchmal das Gefühl, er kennt meine geheimsten Wünsche. Kurz nach unserem FKK-Besuch überraschte er mich vor der Villa seiner Eltern mit der Frage: »Na, Lust auf eine kleine Spritztour?«

»Wohin? Zum Keilsee?«

Alex lächelte geheimnisvoll. »Wohin du möchtest. Die Welt ist groß.«

Ich grinste zurück, doch gleich darauf zuckte ich enttäuscht mit den Schultern. »Ich habe den Helm nicht dabei«, murmelte ich.

»Den brauchst du auch nicht.« Er öffnete das Fach unter dem Sitz. »Du nimmst einfach meinen. Du fährst alleine!«

»Alleine?« Ich schnaufte ungläubig. »Du verarschst mich doch!«

Mitleidig zeigte er auf mein rotes Rennrad. »Willst du dich lieber dein Leben lang abstrampeln? Komm, ich zeig dir alles.«

Seit Alex mir den zweiten Helm gegeben hatte, musste ich immer mal wieder daran denken, wie es wohl wäre, selbst am Lenker zu sitzen. Ich konnte es immer noch nicht fassen, dass er mir jetzt die Chance dazu gab.

In einer Minute hatte mir Alex die wichtigsten Funktionen erklärt: Anlasser, Blinker, Bremsen. Dann drückte er mir den Schlüssel in die Hand. »Jetzt du.«

»A-aber ich habe doch gar keinen Führerschein.«

Alex zuckte mit den Schultern. »Na und?«

»Und wenn mich die Polizei anhält?«

Freundschaftlich legte er mir seine Hand auf die Schulter. »Mann, Josh, du alter Schisser. Du musst endlich damit aufhören, vor allem und jedem so viel Angst zu haben. Riskier mal was.«

Unsicher steckte ich den Schlüssel ins Schloss der Vespa. Schon als ich den Anlasser drückte und der Motor nölend ansprang, wusste ich es: Das ist genau mein Ding!

Alex tippte mit dem Finger auf die Tankanzeige. »Genug Sprit ist drin. Du kannst ein gutes Stündchen durch die Gegend düsen. Immer schön selbstbewusst in der Mitte fahren, sonst erwischt dich noch 'ne Autotür. Und pass gut auf meine *Pussycat* auf.«

Ein wenig ungelenk setzte ich mir den schwarzen Helm

auf, ließ den Verschluss einschnappen, gab dann vorsichtig Gas und rollte davon.

Anfangs kurvte ich nur um den Block – und das irre langsam. Später fädelte ich mich auf der dicht befahrenen Hauptstraße zwischen den Autos ein. Ich spürte eine vollkommen neue Freiheit. Der Fahrtwind zog meine Mundwinkel fast automatisch nach oben und ich grinste bestimmt ganz dämlich vor Glück. Ich hatte keinen Schimmer, wohin ich fahren würde. Aber die Vespa fand ganz alleine ihren Weg zu dem kleinen, orangefarbenen Reihenhaus im Lauenfeld am anderen Ende der Stadt.

Die Zwillinge spielten draußen im Garten. Durch das Küchenfenster sah ich Astrid herumhantieren, das Telefon zwischen Schulter und Ohr. Vielleicht sprach sie gerade mit meinem Vater, der sicher wie gewöhnlich Überstunden machte. Sein Auto stand jedenfalls nicht im Carport. Als die Zwillinge zu mir herübersahen, zuckte ich zusammen. Doch wegen des Helms erkannten sie mich zum Glück nicht.

Seit mein Vater mit seiner neuen Familie in dieses abgelegene Spießerviertel gezogen war, sahen wir uns noch seltener. Höchstens, wenn ich ihn mal besuchte, was gar nicht so einfach war. Allein mit der Straßenbahn musste ich schon zweimal umsteigen, anschließend den Bus nehmen und dann noch mal fünfzehn Minuten laufen. Nachdenklich fuhr ich mit der Hand über den Lenker. Eben hatte ich kaum zwanzig Minuten gebraucht.

Und in diesem Augenblick begriff ich den wahren Wert der Vespa. Mit einem eigenen Roller wäre ich vollkommen unabhängig. Ich könnte fahren, wohin ich wollte. Zu Alex, zum Keilsee, zum Einkaufszentrum, selbst zu meinem Vater. Aufgeregt überlegte ich, wie lange ich wohl sparen müsste, bis ich genügend Geld für eine eigene Maschine beisammenhätte. Mein Rennrad würde ich als Erstes verkaufen. So viel stand schon mal fest. Und Alex könnte mich sicher beraten. Begeistert von meinem Plan fuhr ich mit einem strahlenden Lächeln zurück.

Meine gute Stimmung verflog jedoch augenblicklich, als ich Alex' Haus erreichte. Während ich den Roller aufbockte, trat plötzlich Ringo im schwarzen Death-Metal-Shirt durchs Gartentor und blickte mich verwundert an. Anscheinend hatte er Alex besucht.

Auch wenn es Ringo großen Spaß machte, auf den Schulfluren Angst und Schrecken zu verbreiten, vor Alex hatte er Respekt. Bereits vor Alex' Hirnhautentzündung waren die beiden manchmal zusammen unterwegs gewesen. Nach seiner Genesung sollten wir uns auf Alex' Wunsch mal zu dritt treffen, aber das hat irgendwie nicht funktioniert.

»Landauer, du Spast«, raunzte Ringo. »Machst du Rollermopsing oder was?«

Ohne ihn und sein Pseudo-Gangsta-Sprech zu beachten, packte ich den Helm in das Fach unter dem Sitz. Aber ich hätte es besser wissen müssen. Ringo würde nicht verschwinden. Jedenfalls nicht, ohne mich blöd anzumachen.

Er baute sich vor mir auf. »Hab dich was gefragt, Arschloch.«

Bei Schlägertypen wie Ringo gibt es fünf Dinge zu beachten.

Erstens prügeln sie sich zwar gern, aber sie brauchen dazu immer einen Anlass. Das muss so etwas wie eine unausgesprochene Regel unter Schlägertypen sein. Wenn du ihnen zweitens keinen Anlass gibst, provozieren sie eben einen herbei. Drittens solltest du deshalb auf keinen Fall reagieren, wenn sie dich piesacken oder anrempeln. Viertens ist es enorm wichtig, nichts zu sagen und jeglichen Augenkontakt zu vermeiden, da ihnen schon ein falsches Wort, ein falscher Blick, eine falsche Bewegung als Anlass genügt. Und fünftens hat der weise Mann immer Tampons dabei, weil sie das Nasenbluten am schnellsten stillen.

Ich bin nicht weise.

»Niemand fährt Alex' *Pussycat,* niemand außer Alex«, stellte Ringo jetzt klar. »Niemand, verstehst du?«

Bisher hatte ich mich immer bewusst außerhalb seines Radars gehalten und entsprechend keine Schellen kassiert. Aber an diesem Tag regte sich Widerstand in mir. Vielleicht hatte mich die Fahrt mit der Vespa selbstsicherer gemacht, vielleicht wirkte auch Alex' Ratschlag noch nach: Ich muss aufhören vor allem und jedem Angst zu haben.

Lässig wedelte ich mit dem Rollerschlüssel vor Ringos Nase herum. »Tja. Mich lässt er schon damit fahren.«

Verblüfft starrte Ringo mich an, versperrte mir aber weiter den Weg. »Du und Alex macht jetzt auf ganz dicke Amigos oder was?«

»Lass mich einfach nur vorbei«, erklärte ich ruhig.

Doch das Muskelpaket wich nicht von der Stelle. »Mach 'ne Antwort, du Scheißklo!«

»Wird dir das denn eigentlich nie zu dumm«, blaffte ich ihn unvermittelt an, »dich wie ein beschissener Psycho aufzuführen?«

Ringo grinste sein bescheutertes Zahnfleischlächeln. Ganz offensichtlich genoss er die Situation.

Ich stellte mir vor, wie ich seinen Mund mit Mörtel zuspachteln würde. Eben die Art von Blödsinn, die einem durch den Kopf geht, kurz bevor es was auf die Fresse gibt. Aber weglaufen oder weiter Angst haben wollte ich nicht.

»Na los«, forderte ich ihn auf. »Dann schlag doch zu, wenn du dich danach besser fühlst.«

Ringo versetzte mir erst mal einen kräftigen Stoß, zum Aufwärmen. Ich taumelte, konnte mich aber noch gerade so fangen. Und mich überkam eine Riesenwut. Vielleicht hätte ich mir im nächsten Moment den Helm aus der Vespa geschnappt, um ihm damit sein Hamsterhirn rauszuprügeln, wenn nicht plötzlich Alex aus dem Haus gekommen wäre.

»Sag mal, Ringo, geht's noch?«, fuhr der ihn an. Diesen Ton konnte sich nur Alex erlauben.

»Der Spast wollte deinen Roller klauen!«

Alex schüttelte den Kopf. »Erstens ist Josh kein Spast, sondern mein Freund, und zweitens habe ich ihm den Roller geliehen.«

»Aber du lässt nie jemanden mit deiner *Pussycat* fahren«, jammerte Ringo wie ein beleidigtes Kleinkind.

»Ab und zu mache ich eben eine Ausnahme.«

Das musste Ringo erst mal verdauen. »Seid jetzt schwul oder was?«

Alex lachte laut auf und Ringo stimmte zögerlich ein. Genau das war Alex' große Gabe. Mit seinem Charme konnte er aus einer total verfahrenen Situation die ganze Anspannung nehmen.

»Alles gut, Ringo«, erklärte er freundlich und klopfte ihm auf die Schulter. »Geh einfach nach Hause, okay?«

Zu meiner Überraschung trottete Ringo tatsächlich friedlich davon. Erst jetzt bemerkte ich, dass sich meine Beine ganz wacklig anfühlten.

»Das war knapp«, sagte ich erleichtert. »Wieso bist du eigentlich so plötzlich aus dem Haus gekommen?«

»Ich habe mir eben Sorgen gemacht«, erklärte Alex.

»Um mich und Ringo?«

»Von wegen«, prustete Alex los. »Um meine *Pussycat*. Wie war's denn so?«

Ich reichte ihm den Schlüssel. »Einfach nur geil.«

»Gib's zu, du willst jetzt auch einen Roller. Stimmt's?«

Ich nickte. Viel mehr war von meiner überschwänglichen Begeisterung nach dem Ringo-Zwischenfall nicht übrig geblieben. Meine Knie zitterten immer noch. Kopfschüttelnd sah ich ihm nach. »Ich weiß echt nicht, was du an diesem Irren findest.«

Alex winkte ab. »Ringo? Der ist vielleicht ein wenig schlicht, aber eigentlich ganz in Ordnung.«

»Dass der gerade Hackfleisch aus mir machen wollte, fand ich überhaupt nicht in Ordnung.«

»Das hat seine Gründe«, sagte Alex und betrachtete

seine Vespa. »Ringo kommt aus einem echt kaputten Elternhaus. Der ist zwar etwas grob gestrickt und vielleicht nicht die hellste Leuchte, aber er lügt dich immerhin nicht an und hintergeht dich nicht.«

Keine Worte

Schon seit über einer Stunde liege ich abends auf dem Bett und starre die Nachricht von Alex an: *muss dich sprechen. alx.* Mehr nicht.

Ratlos drehe und wende ich das Telefon in meinen Händen. Ich weiß nicht, ob und vor allem was ich antworten soll. Noch nicht einmal ein paar harmlose Worte wie »Klar, worum geht's?« traue ich mich zu schreiben. Noch heute Morgen hätte ich ihm alles gestanden – wenn er nicht einfach so abgehauen wäre. Aber inzwischen hat sich auch mein Mut davongeschlichen.

Tief im Inneren weiß ich, dass ich mich Alex stellen muss. Ich weiß auch, dass Alex ein Recht auf die Wahrheit hat. Und ich weiß, dass er sie auf jeden Fall von mir hören muss. Doch ich schaffe es einfach nicht. Ich ziehe mich stattdessen in mein Schneckenhaus zurück, höre *Interpol* und will nie wieder herauskommen.

Aber in meinem Kopf tickern weiter die Gedanken. Vielleicht, überlege ich, kann er sich mittlerweile selbst zusammenreimen, wem er den größten Ärger seines Lebens zu verdanken hat. Müsste er sich dann nicht andererseits sofort auf seinen Roller schwingen, um mich zur Rede zu stellen? Denn eines ist Alex ganz gewiss nicht: feige.

Im Gegensatz zu mir. Jedenfalls in diesem Augenblick.

Manchmal gibt es Situationen, in denen du dich ins Aus manövriert hast. Du stehst mit dem Rücken zur Wand und weißt überhaupt nicht weiter. Dann hilft nur noch Farbe bekennen, die Hose runterlassen, alles zugeben!

Doch was geschieht, wenn du diesen Moment verpasst? Oder wenn du einfach unsicher bist, wem du dich anvertrauen sollst?

Während meine Finger noch immer unschlüssig das Handy umklammern, platzt meine Mutter ins Zimmer. Sie hat ihre Nägel frisch lackiert, trägt aber ansonsten ihren üblichen Schlabberlook.

»Gerade hab ich eine Mail von deiner Klassenlehrerin bekommen«, teilt sie mir mit. »Darin steht etwas von einem Elternabend, der kurzfristig für morgen einberufen wurde.«

Erst jetzt fällt mir auf, dass mein Notebook nicht auf meinem Schreibtisch steht. Katja besitzt keinen eigenen Computer, darum benutzt sie ständig meinen. Meistens für ihre Dating-Seiten, was leider nicht zu übersehen ist. Entweder weiß sie nicht, dass es so etwas wie einen Verlauf aufgerufener Websites gibt, oder es interessiert sie nicht. Manchmal steht sogar noch der Flirt-Chat offen, wenn ich mir das Notebook zurückhole.

Katja setzt sich auf meine Bettkante. Ich rieche Schweiß und Rauch. »Stimmt es, dass ein Mädchen aus deiner Klasse versucht hat sich wegen eines Fotos im Internet das Leben zu nehmen?«

Langsam richte ich mich auf und lehne mich gegen die

Kissen. Ich höre, wie dabei das *Interpol*-Tourplakat an der Wand über meinem Bett reißt.

Sorgenvoll schaut Katja mich an. Ihre Tränensäcke kommen mir verquollener vor als sonst. »Was war das denn für ein Bild, dass sie sich deshalb etwas antun wollte?«

Ich ringe nach Worten, finde keine.

»Das arme Ding«, erklärt sie schließlich seufzend. »Ich will mir gar nicht vorstellen, was sie und ihre Eltern gerade durchmachen.«

Mein Mund öffnet sich, es kommt aber kein Ton. Weil sie meine Sprachlosigkeit als Schweigen deutet, schlägt ihre Stimmung plötzlich um. »Warum in aller Welt sagst du denn nichts? Ein junges Mädchen, Joshi, dazu noch aus deiner Klasse ... Lässt dich das denn völlig kalt?!«

Ganz schlechter Zeitpunkt, um mit der Wahrheit rauszurücken.

»Jetzt leg doch endlich dieses Scheißhandy weg, wenn ich mit dir rede!«, herrscht sie mich an. »Und antworte gefälligst!«

Was soll ich denn sagen? Was will sie von mir hören? »Keine Ahnung«, murmle ich deshalb und lasse mein Telefon unter der Decke verschwinden.

»Keine Ahnung?«, wiederholt sie fassungslos. »Ist das alles, was dir dazu einfällt?«

Ich muss etwas von mir geben, irgendwas. »Am Anfang hieß es nur, sie wäre im Krankenhaus.«

»Und da hast du dich nicht gefragt, warum?« Sie verdreht die Augen. »Manchmal möchte ich wirklich wissen, was mit euch los ist ... Ich an deiner Stelle hätte mich mal erkundigt, warum sie im Krankenhaus liegt. Ist dir alles scheißegal oder was?«

Ich starre wie hypnotisiert auf ihre lackierten Nägel und will etwas von »Blinddarm« sagen.

Doch zu spät. Katja hört nicht mehr zu. Wütend stürmt sie aus meinem Zimmer und knallt die Tür hinter sich zu. Der Kleiderbügel am Türhaken klappert leise nach.

In dieser Nacht finde ich keinen Schlaf. Auch nicht, nachdem ich Alex' Nachricht unbeantwortet gelöscht habe.

Es ist nicht deine Schuld

Am nächsten Morgen verkündet uns Herr Brinkmann in der ersten Stunde den neuen Beschluss der Schulleitung: »Ab sofort herrscht in der ganzen Schule absolutes Handyverbot.«

»Und wie unterscheidet sich dieses *absolute Handyverbot* vom bisherigen absoluten Handyverbot?«, fragt Rikki spitz. Erneut hat sie sich neben mir niedergelassen. Ich rieche ihr Shampoo und ihre Nähe macht mich nervös.

»Nun«, holt Brinkmann aus. »Wer mit seinem Telefon erwischt wird, muss zum Direktor, zusammen mit den Eltern. Bei erneuter Zuwiderhandlung hat das den sofortigen Ausschluss vom Unterricht zur Folge und im schlimmsten Falle den Verweis von der Schule.«

Ringo schaukelt auf seinem Stuhl und grunzt. Auch sonst ist keiner sonderlich beeindruckt von dieser Maßnahme. Jemand schießt ein Foto von Brinkmann, wie er mit erhobenem Zeigefinger dasteht, und er bekommt das noch nicht einmal mit. Über den Klassenchat macht das Bild sofort die Runde.

Ich schaue unauffällig zu Alex, der mich schon den ganzen Morgen ignoriert. Er sieht sehr blass aus, hat dunkle Augenringe und vermutlich genauso wenig geschlafen wie ich.

Als er mitten in der Stunde über Lautsprecher zum Direktor gerufen wird, glotzen ihm alle schweigend nach. Fünf Tage nach meinem Post ist die Stimmung endgültig gekippt, immer mehr Schüler wenden sich von Alex ab. Selbst Elsa schüttelt missbilligend den Kopf. Von ihrer sonst so unerschütterlichen Schwärmerei für ihn ist nichts mehr zu spüren. Doppel-D nimmt Alex' Abgang zum Anlass, seine Sachen zusammenzuraffen und sich von ihrem gemeinsamen Platz wegzusetzen.

Nach der Pause kommt Alex nicht wieder. Auch in der nächsten Pause fehlt er immer noch. Ich frage mich, was es so lange mit dem Direktor zu besprechen gibt.

Auf seinem verwaisten Tisch steht mit Edding groß und fett: »Alex, du blödes Arschloch«. Ich brauche nicht lange überlegen, wer die Autorin ist: Rikki, die mir gerade ein Stück von ihrem Apfel anbietet. Da ich garantiert keinen Bissen herunterkriege, lehne ich ab.

Dass ich der Auslöser für all das bin, ist unerträglich. *Ich* bin mir unerträglich. Wegen meines pochenden schlechten Gewissens ziehe ich mich später aufs Klo zurück. Kaum habe ich die klapprige Kabinentür geschlossen, muss ich mir kurz darauf anhören, wie Paolo und Doppel-D richtig übel über Alex lästern.

Es kommt aber noch schlimmer: In der Hofpause sehe ich, dass Alex' Vespa am Boden liegt, und eine fette Traube aus Schülern hat sich darum gebildet. Jemand hat die Spiegel zerschlagen und rosa Farbe über die ganze Maschine geschüttet. Der leere Eimer wurde über den Lenker gestülpt. Einige zücken ihre Handys und machen Fotos davon.

Das reicht. Ich muss sofort etwas unternehmen, bevor diese Idioten nicht nur seinen Roller, sondern Alex selbst angreifen. Fest entschlossen rase ich die Treppen zum Sekretariat hoch.

»Ich muss mit dem Direktor reden!«, verlange ich außer Atem.

Die Schulsekretärin wirkt gestresst. Über den Brillenrand schaut sie mich an. »Das geht nicht.«

»Aber es ist wichtig!« Ich beuge mich über die Theke. »Es geht um die Sache mit Anna.«

Gleichgültig schüttelt sie den Kopf. »Ich kann jetzt nicht stören. Er ist mitten in einer Besprechung.«

»Immer noch mit Alex?«, frage ich.

»Wieso?« Verwundert schaut sie mich an. »Der ist doch schon lange zurück in die Klasse.«

Ratlos trete ich auf den Flur hinaus. Wo steckt Alex?

Mir fällt die Schulsozialarbeiterin ein. Sofort mache ich mich auf den Weg zu Beates Büro. Ich bin mir sicher, dass Alex gerade mit ihr über alles redet. Auch gut. Dann bin ich wenigstens nicht allein, wenn ich vor Alex' die ganze Geschichte zugebe und die Schuld auf mich nehme. Wie ich Beate kenne, wird sie mich weder verdammen noch verurteilen, sondern bestimmt wissen, was als Nächstes zu tun ist.

Nur sitzt zu meiner Überraschung nicht Alex, sondern Rikki an ihrem runden Besprechungstisch.

»Würdest du vielleicht später noch mal kommen?«, bittet Beate mich freundlich. Aus einer blauen Blechtasse vor ihr steigt Dampf auf.

»Kein Problem«, erklärt Rikki und springt rasch auf. »Ich wollte sowieso gerade gehen.«

Bevor Beate sie aufhalten kann, schiebt sie sich an mir vorbei. Bestimmt hat sie über Alex abgekotzt.

Ich sehe ihr nach und weiß nicht, wo ich beginnen soll.

Beate bleibt meine Verwirrung nicht verborgen. »Du und Alex seid doch gut befreundet, nicht wahr? Kein Wunder, dass dir die Geschichte nahegeht.«

»Das ist es nicht«, widerspreche ich.

»Was dann?« Mitfühlend schaut sie mich durch ihre getönte Brille an. »Setz dich doch erst mal hin.«

»Es ist wegen dem Foto«, beginne ich und gerate gleich wieder ins Stocken. Schwerfällig lasse ich mich auf den Stuhl fallen. Aus ihrer Tasse steigt leichter Zimtgeruch in meine Nase. Ich spüre, wie mein Mut, den ich gerade erst gefasst habe, immer mehr zusammenschrumpelt.

»Josh, dieses Foto von Anna haben doch alle erhalten«, versucht mich Beate zu trösten. »Du brauchst dir da keine Sorgen zu machen. Es ist nicht deine Schuld.«

Ich schaue aus dem Fenster. Im Haus gegenüber schüttelt eine Frau auf dem Balkon ihre Kopfkissen aus. Sie trägt einen roten Bademantel. Während ich gebannt ihre Bewegungen verfolge, legt die Angst ihre schwere, kalte Kralle auf meine Schulter. Ich stelle mir vor, wie es nach meinem Geständnis weiterginge: Alex könnte mir zu Recht niemals verzeihen, Rikki würde nie wieder ein Wort mit mir reden und Anna mich bis in alle Ewigkeit verfluchen. Als Nächstes hätte ich die ganze Klasse gegen mich, ich bekäme einen Schulverweis und meine Mutter einen Nervenzusammenbruch. Ich sehe mich schon in Handschellen bei der Polizei, dann in einer Jugendstrafanstalt sitzen und dumpf Holzklötze schnitzen.

»Ihr alle seid gerade sehr durcheinander«, holt mich Beate sanft zurück. »Das ist verständlich. Falls Alex tatsächlich dieses Foto herumgeschickt hat, dann sind ihm die Folgen inzwischen wohl durchaus bewusst.«

Ich sage kein Wort. Wie ein Mönch nach dem Schweigegelübde. Bloß merkt es keiner, sobald ich verstumme.

»Vielleicht hört sich das für dich komisch an«, fährt die Schulsozialarbeiterin fort, »aber ich glaube, dass Alex dich jetzt ganz besonders braucht.« Sie lächelt mich milde an. »Ihn wie alle anderen zu verstoßen wäre ein Riesenfehler.«

Abends öffne ich im Bad unseren Apothekenschrank. Mir ist nie bewusst gewesen, welche Unmengen an Tabletten meine Mutter darin hortet. Ich öffne wahllos ein Fläschchen und lasse die kleinen, roten Kapseln in meine Hand gleiten. Ich mag mir überhaupt nicht vorstellen, wie Anna es schaffen konnte, so viele Pillen herunterzuschlucken. Allein bei dem Gedanken wird mir schon schlecht.

Mein Handy vibriert in der Hosentasche.

stehe vor deiner haustür. komm runter. bring den helm mit. alx.

Die Stunde der Wahrheit

Der Anblick von Alex' verwüsteter Vespa schmerzt mich. Er hat daran herumgewischt, doch die hartnäckigen rosa Schlieren lassen sich nicht entfernen.

Er fährt uns zum alten Kommunalkino. Dort steigen wir wie früher heimlich nach oben aufs Dach. Mit gekreuzten Beinen setzt sich Alex auf den Boden und lehnt sich gegen einen Lüftungskasten. Ich dagegen lasse mich auf einem rostigen Eisenträger nieder. Der laue Sommerwind streicht uns durch die Haare.

Nervös starre ich auf die Rückseite der alten *Schauburg*-Leuchtschrift. Das *A* und *U* sind bereits erloschen, das *S* und *B* zucken noch flackernd. Mir ist ein wenig mulmig. Schließlich sind wir hier oben alleine. Es gibt keine Zeugen. Und jetzt ist die Stunde der Wahrheit. Ich habe viel zu lange gezögert. Gleich am Montag nach dem Posting hätte ich alles sagen müssen. Und wer weiß, vielleicht hätte sich Anna dann nichts angetan.

Unruhig schaue ich zu, wie Alex aus seiner schwarzen Umhängetasche zwei Dosen Bier entnimmt. Eine davon reicht er mir, die andere reißt er auf und nimmt einen tiefen Schluck. Dann bricht er das Schweigen.

»Du *weißt*, dass ich Annas Foto nicht geteilt habe.«

Es sind seit Wochen die ersten Worte, die er an mich richtet.

Ich nicke langsam.

»Das ist gut.« Alex fährt mit dem Finger langsam über den Dosenrand. »Denn keiner kennt mich so genau wie du, Josh. Weißt du, was ich immer an dir geschätzt habe? Deinen klaren Blick auf alles. Du machst dir nichts vor. Du siehst, wie die Dinge wirklich sind. Und wenn es sein muss, sprichst du auch unangenehme Wahrheiten aus.«

Ich zucke mit den Schultern. Mir fällt es schwer, ihm in die Augen zu sehen.

»Und darum sitzen wir hier«, erklärt Alex. »Du kennst die Wahrheit. Und wir beide kennen den wahren Täter nur zu gut.«

Alex weiß Bescheid. Länger leugnen hat keinen Sinn.

»Wie hast du es rausgefunden?«, krächze ich matt.

Alex trinkt erneut, stellt die Dose ab und lächelt bitter. »Ganz einfach. Ich habe mich gefragt: Was würde Josh an meiner Stelle tun? Entsprechend musste ich nur ganz kühl und ruhig analysieren, wer meinen Account gekapert haben könnte. Es musste jemand sein, den ich verletzt habe und der mich dafür hasst.« Er grinst mich hämisch an. »Das schränkt den Kreis der Verdächtigen schon mal stark ein, findest du nicht?«

Ich seufze. »Hass ist mir ein zu großes Wort. Vielleicht eher Enttäuschung.«

»Enttäuschung?«, wiederholt er langsam. »Du triffst wie immer den Nagel auf den Kopf, Josh. Wann hast du gemerkt, dass Cheyenne dahintersteckt?«

Fast rutscht mir meine Dose aus der Hand. »Äh, w-was?«

Alex schnaubt. »Ich weiß, was du sagen willst: Cheyenne ist zwar eine echte Bitch, aber für so eine Tat nicht raffiniert genug.«

Fassungslos schaue ich zu, wie Alex sein Bier leert.

»Aber auch nur, weil du ihr wahres Motiv nicht kennst.« Mit einer raschen Bewegung zerknüllt er die Dose. »Weißt du, ich habe dir damals am Keilsee nicht die ganze Wahrheit über Cheyenne und mich erzählt.«

Verblüfft öffne ich jetzt doch mein Bier. Schaum kriecht aus der Öffnung, läuft über den Rand, über meine Finger und landet auf meiner Jeans.

»Erinnerst du dich noch an die Geschichte von der Party, auf der sie und ich rumgeknutscht haben, weil ich sturzbetrunken und halb weggetreten war? Danach hat sie mir gestanden, dass sie total in mich verschossen ist.« Mit Schwung wirft er seine zerknautschte Dose in die Nacht hinaus. Klappernd fällt sie irgendwo zu Boden.

»Ich habe sie abblitzen lassen.« Alex zieht eine verächtliche Grimasse. »Natürlich so nett wie möglich. Doch wenn die kleine Cheyenne nicht bekommt, was sie will, dann greift sie zu drastischen Mitteln. Sie hat mir noch Wochen später Fotos über *Smartchat* geschickt.«

»Was denn für Fotos?«

»Zwischen ihr und mir ist an diesem Abend nichts gelaufen. Nur die Knutscherei und ihre Kamera. Das Miststück hat Bilder geschossen, als ich vollkommen weggetreten war, und so Sachen mit mir gemacht …« Er zieht vielsagend seine Augenbrauen hoch. »Damit hat sie mich

Cheyenne hat Alex erpresst

erpresst. Sie drohte damals, alles online zu stellen, falls wir nicht ein Paar werden. Kannst du das glauben?«

Das wundert mich überhaupt nicht. Denn ich traue Cheyenne eine Menge zu. Darunter nur wenig Gutes. Umso überraschter bin ich, dass Alex mich überhaupt nicht verdächtigt.

Er lacht angestrengt. »Da fehlen dir die Worte, was? Ich habe nicht lange gefackelt. Noch am selben Tag bin ich zu ihr nach Hause, um sie zur Vernunft zu bringen. Dabei haben wir uns so laut gestritten, dass ihr Vater alles mitbekommen hat. Der ist dann völlig ausgetickt, schrie herum, verpasste ihr ein paar Ohrfeigen und knallte ihr Handy an die Wand. Seitdem hasst sie mich.«

Alex kramt eine weitere Dose aus seiner Tasche. »Ich habe nicht den geringsten Zweifel: Die Sache mit Annas Foto trägt ganz klar Cheyennes Handschrift. Sie hat das als Teil ihres Rachefeldzugs eingefädelt. Cheyenne will mich fertigmachen. Und auf *Pussycat* als Passwort zu kommen ist auch nicht allzu schwer, findest du nicht?«

Noch ist es für ein Geständnis nicht zu spät. Das Bier hat meine Nervosität ein wenig gedämpft. Während ich nach den richtigen Worten suche, setzt Alex sich zu mir auf den Eisenträger.

»Josh, du bist der Einzige, der noch mit mir redet. Und das«, er schaut mich bedauernd an, »obwohl wir nicht mehr sehr viel miteinander zu tun haben.«

Es ist ihm also auch aufgefallen. »Warum eigentlich?«, frage ich.

»Das frage ich mich langsam auch.« Dann wechselt er

das Thema. »Heute hat mir der Direktor verkündet, dass er die Polizei einschalten wird. Da musste ich einfach abhauen. Ich habe es keinen Moment länger in der Schule ausgehalten.«

»Aber warum war dein Roller dann noch da?«

»Den hab ich stehengelassen, damit alle denken, ich wäre noch immer auf dem Schulgelände.« Er lacht bitter. »War wohl keine so gute Idee. Die Farbe geht übrigens auch auf Cheyennes Konto.«

»Woher willst du das wissen?«

»Ist doch logisch! Rosa wie die *Pink Ladies,* verstehst du?« Dann legt er plötzlich den Arm um meine Schulter. »Könntest du mir einen Gefallen tun?«

Ich schlucke. Was kommt jetzt? »Und welchen?«

»Genau genommen sind es zwei Bitten, die ich habe. Würdest du Cheyenne mal auf den Zahn fühlen? Vielleicht schaffst du es ja irgendwie, dass sie alles zugibt.«

Ich zucke zusammen. »Wie stellst du dir das vor? Mir würde die nie etwas erzählen.«

»Du bist der schlauste Hund, den ich kenne. Trickse sie aus, triff dich mit ihr, flirte mit ihr, mach sie betrunken. Dir fällt schon was ein.«

»Du spinnst!« Mit beiden Händen winke ich ab. »Das wird doch niemals funktionieren.«

»Bitte, Josh! Du bist meine einzige Chance. Ich hab mir auch schon genau überlegt, wo du sie am besten abfängst. Du kennst doch das Eiscafé in der Mall? Das gehört ihrer Tante. Dort hängt sie meistens mit ihren *Ladies* rum.«

Josh soll mit Cheyenne + Rikki reden

Ich stöhne leise. »Also gut, ich werde darüber nachdenken. Und was ist der zweite Gefallen?«

Alex kratzt sich verlegen am Kopf. »Das ist möglicherweise noch kniffliger. Redest du bitte mit Rikki?«

Erschrocken schaue ich ihn an. »Worüber denn?«

»Über das, was ich dir eben erzählt habe. Ich ertrag es einfach nicht, wie sehr sie mich hasst. Du musst sie von meiner Unschuld überzeugen. Das ist mir fast wichtiger als alles andere. Ich sehe doch, dass du im Moment einen ganz guten Draht zu ihr hast.« Alex hält mir seine Hand hin. »Bitte, Josh, hilf mir.«

Schon der Gedanke, mich bei Rikki für ihn einzusetzen, schmerzt mich. »Also gut«, stimme ich trotzdem widerstrebend zu und schlage ein. »Ich werde mit ihr reden.«

Auf einmal wirkt Alex total befreit. »Danke, Josh. Ich wusste, dass ich mich am Ende immer auf dich verlassen kann.«

Und ein weiteres Mal verpasse ich die Gelegenheit, alles zu gestehen. Aus der Ferne dringt das Rauschen des Straßenverkehrs hoch. Ich trinke mein restliches Bier aus. Es ist warm und schal.

Das haben doch heute alle

Auf der Suche nach etwas Essbarem stehe ich vor unserem geöffneten Kühlschrank, als meine Mutter vom Elternabend nach Hause kommt. Noch in Mantel und Mütze stellt sie mich zur Rede.

»Sag mal, dieses Foto ... das hast du doch auch bekommen, oder?«

Ich greife nach der Milchpackung mit dem abgelaufenen Verfallsdatum und schnuppere vorsichtig daran.

»Du weißt schon«, legt Katja nach. »Das Foto von diesem Mädchen ...«

»Nein«, antworte ich rasch, damit es nicht zu weiteren Nachfragen kommt.

Dabei geht es mir noch nicht mal um Anna. Vielmehr habe ich nach dem Streit auf meinem Bettrand einfach keine Lust auf einen weiteren ihrer *Ich-verstehe-dich-einfach-nicht*-Vorträge. Am Ende muss ich ihr noch von den anderen ›Nudies‹ erzählen, die sich über *Smartchat* im Bilderordner meines Handys angesammelt haben. Darunter wirklich sehr viele von Peggy. Wenn Harald das mitbekommt, würde er mir, ohne zu zögern, die Eier abschneiden. Es ist schon verrückt: Das Mädchen schickt die Fotos, der Junge muss dafür bezahlen.

Da die Milch tatsächlich sauer ist, schütte ich den klumpigen Inhalt ins Spülbecken und schmeiße die Packung in den Mülleimer.

Meine Mutter lässt mich keine Sekunde aus den Augen. »Frau Dr. Störmer meinte aber, dass das Foto an die ganze Klasse gegangen ist. Und das heutzutage alle Jugendlichen solche Bilder auf ihren Handys haben.«

Blitzschnell greife ich in die Hosentasche und halte ihr mein Smartphone hin. »Bitte, du kannst gerne nachschauen, wenn du mir nicht glaubst«, bluffe ich, weil ich nur zu gut weiß, wie wenig sie mit dem Gerät klarkommt.

»Schon gut, schon gut. Ich vertraue dir ja.« Sie zupft an ihrer Mütze herum, die sie immer an ihren Bad-Hair-Days trägt. »Aber dieser Alex ...«

Ich öffne den Vorratsschrank. Darin stehen nur Mehl, Puderzucker und Essig. Eine überfressene Lebensmittelmotte taumelt mir entgegen.

»Der ist doch ein Freund von dir.«

Ergebnislos knalle ich die Schranktür wieder zu. »Nee, schon lange nicht mehr.«

»Was suchst du eigentlich die ganze Zeit?«, fragt meine Mutter genervt.

»Etwas zu essen.«

Sie reißt das Tiefkühlfach auf. Aber darin liegt nur ein leerer Eiswürfelbehälter.

»Können wir eine Pizza bestellen?«

»Geht nicht. Ich habe eben meine letzten zwanzig Euro in die blöde Klassenkasse einbezahlt. Morgen gehe ich einkaufen«, verspricht sie.

»Ich habe aber jetzt Hunger«, erkläre ich.

Katja stöckelt zum Küchenbalkon und holt eine Flasche Wein. »Du kannst es ja mit dem Geld aus deiner kleinen Kiste auslegen.«

Auf keinen Fall, das sehe ich echt nicht ein. Eine Mutter hat für ihr Kind zu sorgen. Außerdem bekomme ich nur selten zurück, was ich ihr vorstrecke. Katja merkt sich einfach nicht, wie viel ich ihr geliehen habe – und am Ende muss ich jedes Mal um mein Geld streiten. Das ist mir einfach zu dumm.

»Übrigens sollten wir heute abstimmen, ob die Fahrt ins

Landschulheim nächste Woche noch stattfinden soll«, meint sie und nimmt ein Wasserglas aus dem Schrank. »Der Direktor war dagegen. Aber keine Sorge. Ihr fahrt dank der Störmer trotzdem, allerdings unter einer Bedingung: Eure Handys bleiben zu Hause.«

Langsam gießt sie sich Wein ein, kleine Korkenfetzen schwimmen auf der Oberfläche.

»Ich finde es immer noch unvorstellbar, was dieser Alex dem armen Mädchen angetan hat.« Umständlich schlüpft Katja aus ihrem Mantel und hängt ihn über die Stuhllehne. »Du hättest heute mal seinen Vater erleben müssen ... Der hält seinen missratenen Sohn für das totale Unschuldslamm.« Sie nippt vorsichtig am Wein und leckt sich die Lippen. »Der Kerl ist sogar richtig laut geworden und hat mit seinem Anwalt gedroht. Angeblich will er die Schule verklagen.«

»Was hat denn die Schule damit zu tun?«, wundere ich mich.

»Er sagt, dass die nicht genügend für den Schutz seines Sohnes sorgen. Angeblich hat irgendjemand Alex' Roller beschädigt und er selbst soll von Leuten aus eurer Klasse gemobbt worden sein.« Sie schlüpft aus ihren hohen Schuhen und massiert sich die schmerzenden Füße. »Unglaublich, wie wenig der seinen Sohn kennt. Für ihn ist Alex jetzt das Opfer.«

Dann leert sie den Rest des Glases. »Hör zu, ich möchte, dass du dich von diesem Alex fernhältst. Ich will nicht, dass du mit ihm noch irgendetwas zu tun hast. Verstanden?«

Tango mit der Teufelin

Das ist nicht sonderlich schwer, denn Alex kommt nicht länger zur Schule. Frau Dr. Störmer teilt unserer Klasse mit, dass er vom Unterricht freigestellt wurde. Jedenfalls so lange, bis die ganze Angelegenheit vollständig geklärt ist. Aber ich weiß es besser. Alex bleibt freiwillig zu Hause, weil er keinen Bock auf die Anfeindungen und Beleidigungen hat. Wer weiß, wie er seine Zeit verbringt. Gut möglich, dass er seine *Pussycat* wieder auf Vordermann bringt.

Und trotzdem ist er in der Schule präsent. Nicht nur, weil alle über ihn reden. Vielmehr landen jetzt auch jede Menge Fotos von ihm auf den Smartphones. Die meisten stammen von der Feier am Keilsee und zeigen ihn in Badehose, garniert mit sehr heftigen Sprüchen. Aber es gibt auch richtig fiese Fotomontagen und animierte GIFs. Alle seine ehemaligen ›Freunde‹ lästern ungehemmt über Alex ab, und das mit ihrem vollen Namen. Zwar hat Frau Dr. Störmer den Klassenchat verboten und mit Hilfe von Klassensprecherin Elsa gelöscht. Doch längst gibt es einen neuen Chat. Natürlich unter einem anderen Namen.

Nach der großen Pause macht dann ein neues Foto von Alex die Runde, das nicht vom Keilsee stammt. Ehrlich gesagt kann ich mir kein schlimmeres Bild vorstellen, denn es zeigt ihn mit glasigem Blick. Und ohne Hosen.

Mir ist sofort klar, wer diese Aufnahme geteilt hat.

In der Pause gehe ich zu Cheyenne. Die *Pink Ladies* mustern mich abschätzig. Sie selbst beachtet mich nicht, sondern feilt an ihren künstlichen Nägeln herum.

»Hast du mal eine Minute für mich?«, frage ich. Zum ersten Mal richte ich bewusst das Wort an sie.

»Haben wir einen Termin?«, fragt sie, ohne aufzusehen.

Ich räuspere mich. »Es geht um Alex.«

»Bin beschäftigt«, bügelt sie mich ab.

»Könnten wir vielleicht kurz unter vier Augen reden?«

Sie stöhnt. »Ich habe vor meinen *Ladies* keine Geheimnisse.«

Ich schaue in die geschminkten Gesichter ihrer Clique. Kann ja sein, dass sie sich mit all dem Make-up tierisch erwachsen vorkommen. Aber ich sehe keine *Ladies,* sondern nur alberne Teenies, die sich bunt angemalt haben.

Ich komme zur Sache. »Du musst aufhören deine Bilder von Alex rumzuschicken.«

»Was denn für Bilder?« Ihre gespielte Unschuld regt mich ebenso auf wie das dumme Gekicher ihrer Mädchen.

»Die Bilder, die du letztes Jahr auf dieser Party von ihm gemacht hast. Erinnerst du dich?«

Jetzt zuckt sie doch kurz zusammen, fängt sich aber schnell wieder. »Keinen Schimmer, wovon du redest.« Mit einer Handbewegung will sie mich wie eine lästige Fliege verscheuchen. »Geh aus dem Licht, ich kann nichts sehen.«

»Ich weiß Bescheid«, behaupte ich. »Über das Foto, die Mutproben, alles.«

»So, so.« Cheyenne schaut kurz zu Rikki, die uns argwöhnisch von meinem Platz aus beobachtet. Dann schenkt sie mir ein kaltes Lächeln. »Dann hast du bestimmt auch gehört, dass es besser ist, sich nicht mit mir anzulegen.«

Cheyennes Arroganz löst zusammen mit ihrem Parfüm Brechreiz bei mir aus. Am liebsten würde ich mich umdrehen und gehen, aber ich bin noch nicht fertig. »Hör zu, Cheyenne, ich möchte eigentlich nur eins: Lösch diese Bilder!«

»Was ist dein Problem?« Sie wirft ihre falschen blonden Locken nach hinten. »Alex darf also ungestört Bilder von der Nonne herumschicken und blöde Witzchen über sie machen. Aber bei ihm darf das dann keiner? Was hast du bloß dagegen? Alex sieht auf diesen Fotos doch wahnsinnig gut aus.«

»Darum geht's nicht«, erwidere ich harsch. »Du weißt genau, dass er gerade genug Probleme hat. Noch mehr kann er im Augenblick wirklich nicht gebrauchen. Außerdem bekommst du vielleicht auch Ärger.«

»Soll das etwa eine Drohung sein?«, fragt sie und verschränkt die Arme. »Verrate mir eins, du Klugscheißer: Wenn dir Alex tatsächlich alles brühwarm erzählt hat, musst du doch auch wissen, dass diese Partyfotos alle futsch sind.« Unschuldig breitet sie ihre Hände aus und blitzt mich mit ihren kleinen Schweinsäuglein an. »Also kann ich doch gar nichts verschickt haben, oder?«

»Vielleicht hast du sie ja davor schon mit anderen geteilt«, vermute ich. »Oder du hast sie in der Cloud gespeichert.«

Cheyenne gefällt es, dass ich ihr nichts anhaben kann. »Und warum sollte ich so etwas tun?«, fragt sie zuckersüß.

»Das weißt nur du«, antworte ich vielsagend, obwohl mir ihr Motiv natürlich nur allzu klar ist: Sie will auf gar keinen Fall auf ihr Erpressungsmaterial verzichten. »Schicke von Alex keine Bilder mehr herum, okay? Hör einfach auf damit!«

»Deine Zeit ist um.« Sie entnimmt ihrem Schminktäschchen einen kleinen Flacon und sprüht in meine Richtung. »Na los, zisch-zisch ab!«

Ihre Ladies glucksen. Das Parfüm stinkt widerlich. Ich bin gefrustet und genervt. Das Gespräch mit der Giftnatter hat rein gar nichts gebracht. Außer dass ich damit zu ihrem Feind geworden bin.

»Lösch die Bilder«, wiederhole ich.

»Ach, *Amigo*«, sagt Cheyenne, bevor ich mich abwende, und nickt in Richtung Rikki. »Unsere kleine, rassige Spanierin. Sie gefällt dir, nicht wahr?«

Wortlos gehe ich weiter. Dieses Miststück besitzt zweifellos ein sehr feines Gespür für die Schwachpunkte der anderen. Verärgert lasse ich mich auf meinen Platz fallen.

Rikki starrt mich an. »Worüber habt ihr gesprochen?«, will sie wissen.

»Über Alex«, antworte ich knapp.

Sie verdreht kurz die Augen. Dann fragt sie: »Begleitest du mich wieder ins Krankenhaus?«

Auf ganz dünnem Eis

Rikki sitzt in der Straßenbahn wieder neben mir. Sie trägt Sportklamotten und weiße Turnschuhe. In den Rechtskurven wird sie leicht gegen mich gedrückt. Ob sie die Berührung auch so deutlich spürt wie ich?

Die ganze Zeit muss ich an Alex' zweite Bitte denken.

Will ich tatsächlich in seinem Namen mit Rikki sprechen und dafür sorgen, dass sich die beiden wieder gut verstehen? Wohl kaum. Andererseits habe ich ihm doch schon genug geschadet.

»Ich soll dir etwas von Alex ausrichten«, beginne ich ohne Vorwarnung.

Sofort erscheint die Zornfalte auf Rikkis Stirn. »Und wieso?«

»Weil ich es ihm versprochen habe.«

»Du triffst dich noch mit ihm?« Sie klingt verächtlich.

Ich möchte nicht, dass Rikki wütend wird. Und schon gar nicht auf mich. »Wir sind schließlich Freunde«, sage ich sehr leise. Na ja, das trifft es nicht so ganz.

»Ernsthaft? Wie kann dieser *idiota* nach alldem noch dein Freund sein?« Prompt rückt sie ein Stück von mir ab und knallt ihre Stofftasche als Keil zwischen uns. »Ich verstehe dich nicht, Josh.«

»Wenn Alex mich als Freund um etwas bittet, dann bin ich eben für ihn da«, erkläre ich aus reinem Schuldgefühl.

Es ist nicht zu übersehen, dass ihr meine Antwort missfällt. »Wie ehrenvoll«, meint sie bitter.

Ich hole kurz Luft. »Alex hat mir geschworen, dass er nichts mit Annas Bild zu tun hat.«

»Ach ja? Und diesen Scheiß kaufst du ihm ab?«, faucht sie mich an.

»Ja, ich glaube ihm.«

»Dann glaubst du sicher auch sein Märchen vom großen Unbekannten, der sich bei ihm eingehackt hat?«

»Alex lügt nicht.«

Rikki verschränkt ihre Arme und schaut mich kampflustig an. »Und wer soll dieser geheimnisvolle Hacker sein?«

Jetzt wird es knifflig. Was soll ich sagen? »Alex glaubt, dass Cheyenne dahintersteckt.«

Nachdenklich schaut sie mich an. »Darum hast du also mit ihr geredet.«

»Ja, aber ich fürchte, es war sinnlos.«

Rikki wird ganz still, auch ich bleibe stumm.

Drei Stationen vor dem Krankenhaus will sie urplötzlich aussteigen. Ich folge ihr unsicher.

Erst auf der Straße liefert sie mir für ihr merkwürdiges Verhalten eine Erklärung. »Die zwei Typen, die eben eingestiegen sind, waren Kontrolleure.«

»Na und? Hast du deine Monatskarte vergessen?«

»So was in der Art«, murmelt sie und verfällt dann wieder in Schweigen.

Mit vorwurfsvollem Schweigen kenne ich mich bestens aus. Wenn meine Mutter sauer auf mich ist, ignoriert sie mich. Und ich sie. Das kann ewig dauern. Aber mit Rikki ist es anders. Schlimmer. Unsere Missstimmung quält mich. Fast schon körperlich.

Fieberhaft überlege ich, was ich tun kann. Da tritt sie plötzlich vor mich und legt mir die Hand auf die Brust. Überrascht bleibe ich stehen.

Sie schaut mich mit ihren dunklen Augen ernst an. »Du musst dich vor Cheyenne in Acht nehmen«, warnt sie mich eindringlich. »Hörst du?«

»Mach ich. Aber warum betonst du das so? Gibt es dafür einen bestimmten Grund?«

»Nur so«, sagt sie und marschiert weiter.

Manchmal werde ich aus Rikki nicht so richtig schlau. Rasch hole ich sie ein. »Ich habe euch doch kürzlich mehrmals streiten sehen.«

»Na und?«, meint sie schnippisch.

»Warum erzählst du mir nicht, was du für ein Problem mit Cheyenne hast?«, frage ich, rechne aber nicht mit einer Antwort.

»*Ich* habe kein Problem mit Cheyenne«, verrät sie schließlich zögernd. »Sondern Anna.«

Irgendwie bringe ich Anna überhaupt nicht mit Cheyenne in Verbindung. »Was hat denn unser Klassenbiest ausgerechnet mit der Klassenbesten zu tun?«, frage ich erstaunt.

»Ganz einfach.« Rikki zieht an ihrer Tasche herum. »Anna bekommt kein Taschengeld.«

»Das verstehe ich nicht.«

»Anna wollte einen Job, und zwar in dem Eiscafé von Cheyennes Tante. Die überlässt das alles ihrer Nichte. Wer in dem Eiscafé jobben will, kommt an Cheyenne nicht vorbei. Sie entscheidet. Weil Anna den Job unbedingt wollte, musste sie sich wohl oder übel mit Cheyenne einlassen.«

Ich spüre, dass Rikki etwas vor mir verbirgt. »Hey, das ist doch nicht alles, oder?«

Wortlos eilt Rikki bei Rot über die Straße. Auf der anderen Seite überqueren wir den Parkplatz des Krankenhauses. Vor der automatischen Schiebeglastür am Eingang stehen rauchende Patienten in Schlafanzügen und Morgenmänteln. Zwei leere Krankenwagen parken auf der Einfahrt.

Bevor wir hineingehen, hält mich Rikki am Arm fest.

»Also gut«, gibt sie ihren Widerstand auf. »Da ist noch eine Sache: Cheyenne kann Anna nicht ausstehen.«

»Das habe ich gar nicht mitbekommen. Und warum?«

Rikki fährt sich durch ihre schwarzen Haare. »Dazu braucht sie keinen besonderen Grund, Cheyenne hasst einfach alles an Anna: dass sie sich so uncool anzieht, dass sie schüchtern ist und Klassenbeste. Für Cheyenne ist sie ein Opfer, das sie bloßstellen und wie den letzten Dreck behandeln kann. Der Spitzname ›Nonne‹ stammt übrigens auch von ihr.«

»Aber wie passt das zusammen?«, wundere ich mich. »Warum bittet Anna dann ausgerechnet Cheyenne um einen Job?«

Rikki reibt mit ihrem Turnschuh an einem Kaugummifleck am Boden herum. »Vielleicht ist es ja meine Schuld. Ich habe mich bei Cheyenne für sie eingesetzt, weil ich wusste, wie wichtig Anna der Job war. Sie möchte ihr eigenes Geld, damit sie sich ihre Klamotten endlich selbst kaufen kann. Und ich hatte ihr versprochen mit ihr shoppen zu gehen.« Rikki senkt den Blick. »Was ich dir jetzt verrate, muss unbedingt unter uns bleiben.«

Ich nicke.

»Wer in dem Eiscafé arbeiten will, muss erst den *Pink Ladies* beitreten. Und Cheyenne verlangt, dass die Kandidaten eine Mutprobe bestehen.«

»Die Ladendiebstähle?«, frage ich, weil ich mich daran erinnere, was Alex mir erzählt hat.

Erstaunt sieht mich Rikki an. »Sonst sind es immer

Diebstähle, ja. Aber weil Cheyenne Anna total hasst, hat sie sich etwas anderes ausgedacht. Etwas Bösartiges ...«

Ich stehe auf dem Schlauch. »Und was soll das sein?«

»Begreifst du denn nicht, Josh? Cheyenne hat von Anna verlangt, dass sie dieses verfluchte Foto an Alex schickt.«

»Dann war das mit dem Foto von Anna bloß eine Mutprobe?«, murmle ich verblüfft.

»Ja. Und das ist ihr bestimmt alles andere als leicht gefallen. Du kennst doch Anna.«

Ich kann es immer noch nicht glauben. »Warum hat sie sich denn keinen anderen Job gesucht? Als Klassenbeste hätte sie doch locker Nachhilfe geben können.«

Rikki schaut betreten auf den Kaugummifleck. »Das frage ich mich auch. Ich hätte ihr das Geld für die Klamotten gern geliehen, aber ich bin selbst dauernd pleite.«

So langsam fange ich an zu begreifen: Vermutlich ist Anna noch nicht einmal in Alex verknallt, sondern wollte nur diese bescheuerte Mutprobe bestehen. Die Mutprobe, die ich Idiot dann für alle öffentlich gemacht habe.

»Verstehst du jetzt, warum ich Alex nicht verzeihen kann? Ohne ihn würde Anna niemals in diesem Scheißkrankenhaus liegen.« Rikki umfasst sanft meine Schultern und zieht mich zu sich. »Anna darf kein Wort von dem erfahren, was ich dir eben erzählt habe. *Comprende?*«

»Ich verspreche es«, flüstere ich matt.

»Das reicht mir nicht. Du musst es schwören!«

16

Ralle kommt zu spät

Am Freitagabend besuche ich meinen Vater im Lauenfeld. Wir hatten das schon vor längerem abgemacht, darum will ich auch nicht absagen, obwohl meine Stimmung nach dem Besuch im Krankenhaus mächtig im Keller ist. Der Anblick der leichenblassen Anna mit der Infusionsnadel im Arm verschlimmert mein schlechtes Gewissen. Auch Rikki so verzweifelt zu sehen plagt mich.

Vielleicht tut mir ein wenig Abwechslung ganz gut.

Und wirklich, ich muss schon lächeln, als mir die Zwillinge zur Begrüßung entgegenstürmen und sich an meine Beine klammern. Ich verstehe eigentlich nicht, warum die beiden Sechsjährigen mich so sehr ins Herz geschlossen haben. Vielleicht weil sie mich seit ihrer Geburt kennen. Dabei bin ich nicht besonders nett oder aufmerksam zu ihnen. Nie bringe ich ihnen etwas mit und ich habe auch nur selten Lust, mit ihnen zu spielen. Und trotzdem lieben mich die beiden bedingungslos.

»Schön, dass du da bist, Josh.« Astrid umarmt mich auf die üblich umständliche Art: Nur ihr Kopf kommt ganz nah an meinen heran, der Rest ihres Körpers berührt mich nicht. »Ich hoffe, du hast Hunger mitgebracht. Ralle ist noch unterwegs, dürfte aber sicher auch bald eintreffen.«

Wer weiß, warum sie meinen Vater Ralle nennt. Vielleicht weil sie ›Ralph‹ bescheuert findet.

Nach der Trennung meiner Eltern war verabredet, dass ich jedes zweite Wochenende mit meinem Vater verbringe. Und regelmäßig mit ihm in die Ferien fahre. Das Dumme ist nur, dass mein Vater als Controller bei einer Versicherung arbeitet und nur selten Urlaub macht. Nach und nach wurde aus jedem zweiten Wochenende eines im Monat. Und irgendwann gab es bloß noch Treffen nach Vereinbarung, und damit noch seltener.

Es wäre einfach, ihm dafür die alleinige Schuld zu geben, weil er so ein Workaholic ist und sich auch mehr für seine neue Familie als für mich interessiert. Doch das wäre nur die halbe Wahrheit, denn ich muss zugeben, dass ich gar nicht so scharf auf diese Pflichtbesuche bin. Als die Zwillinge noch kleiner waren, kam ich mir oft wie ein Fremdkörper vor. Astrid und er gerieten damals häufig in Streit. Ich glaube, wegen mir. Krach gibt es zwar heute kaum noch, aber dieses Gefühl, im Weg zu stehen, ist geblieben.

Manchmal frage ich mich, was mein Vater an Astrid findet. Was hat diese schmächtige Zahnarzthelferin mit den graublonden Haaren, was meine Mutter ihm nicht geben konnte? Astrid ist nett, nur weder bedeutend jünger als meine Mutter noch besonders hübsch. Doch schon wenige Minuten mit den beiden reichen, um zu spüren, dass Astrid und er sich wirklich lieben.

Nur ob er mich genauso liebt, das weiß ich nicht.

Ich wasche mir die Hände, betrete die Küche und genieße diesen Moment: Auf allen Herdplatten stehen dampfende Töpfe. Die Zwillinge decken den Tisch, während Astrid das Essen in Schüsseln füllt. An den Schränken kleben überall die kunterbunten Kinderzeichnungen.

»Es gibt Rindergulasch«, verkündet Astrid lächelnd. »Das ist doch immer noch dein Lieblingsessen, oder nicht?«

Ich nicke. Astrid und ich sind schon so manches Mal

aneinandergeraten, aber im Grunde mag sie mich. Und ich sie auch.

»Möchtest du was trinken? Ich habe dir Cola gekauft.«

»Cola, Cola«, rufen die Zwillinge und greifen nach der Flasche auf dem Tisch.

»Nein, nicht für euch«, sagt Astrid amüsiert und scheucht die Jungs an ihre Plätze. Dann reicht sie mir einen vollen Teller.

Zum Gulasch gibt es frisches Kartoffelpüree und Rotkraut, außerdem grünen Salat. Astrids Dressing ist legendär. Und während ich so am Tisch sitze, begreife ich plötzlich, was mein Vater an Astrid findet: Sie gibt seinem Leben einen Rahmen. Durch sie kennt er seinen Platz in der Welt.

Astrid setzt sich ebenfalls. »Fang ruhig schon an.«

»Wollen wir nicht warten?«, zögere ich.

»Nein, nein, das wäre zwecklos. Du kennst doch Ralle.« Sie wirft einen Blick auf ihre Armbanduhr. »Er wollte schon vor einer Stunde hier sein.«

»Schmeckt super!«, sage ich schnell und bemühe mich nicht zu schlingen. Trotzdem ist mein Teller sofort leer.

»Warte, ich hol dir noch eine Portion.« Astrid steht auf. »Du bist viel zu dünn, Josh.«

Während sie am Herd steht, erlaube ich den Zwillingen heimlich von meiner Cola zu trinken. Sie kichern dabei so albern, dass ihre Mutter es mitbekommen muss. Sie lässt sich jedoch nichts anmerken.

»Und bei dir in der Schule? Alles okay?«, erkundigt sie sich.

Einen Augenblick zögere ich. Soll ich ihr wirklich erzählen, dass Annas Mutter Rikki und mich vorhin im Krankenhaus als »treue Seelen« bezeichnet hat, weil wir bisher als Einzige aus der Schule Anna besucht haben? Und dass ich mir dabei wahnsinnig unehrlich vorkam? Soll ich erzählen, dass die Dambergs Alex bei der Polizei anzeigen wollen und mir bei dieser Neuigkeit fast das Herz stehengeblieben ist? Soll ich tatsächlich erzählen, dass Anna teilnahmslos auf ihrem Bett liegt, ins Leere starrt und mit keinem Menschen spricht? Und all das nur wegen meines dummen Scherzes? Meine Verlogenheit ekelt mich an. Aber wer weiß, vielleicht würde Astrid mich als Außenstehende sogar verstehen.

Doch das Haus im Lauenfeld ist nicht der Ort für komplizierte Geständnisse, beschließe ich.

Ich greife nach meiner Cola und sage nur: »Alles wie immer.«

»Du siehst erschöpft aus«, stellt Astrid mitfühlend fest. »Wir pumpen schnell die Luftmatratze auf und dann legst du dich gleich hin.«

Die Luftmatratze. Das ist auch einer der Gründe, warum ich meinen Vater nicht so oft besuche: Es gibt hier für mich kein eigenes Zimmer. Und die Schlaflösungen sind alle gleich beschissen. Entweder wälze ich mich auf dem quietschenden Klappsofa im Wohnzimmer herum oder einer der Zwillinge muss das Bett räumen und ich bekomme von Stofftieren umringt kein Auge zu. Und wenn ich am Ende doch wieder auf der Luftmatratze lande, dann muss dafür jedes Mal der geeignete Ort gefunden werden: im Wohnzimmer, im Arbeitszimmer meines Vaters oder im Wäschekeller.

»Mach dir bitte keine Umstände. Ich bleibe nicht über Nacht.«

»Nicht?«, fragt sie verwundert. »Das ist doch kein Problem. Wir haben eine neue Luftmatratze, die bläst sich praktisch von selbst auf.«

»Ehrlich, es geht nicht. Ich bin morgen in der Stadt verabredet.«

Das stimmt sogar. Rikki will unbedingt ein Geschenk für Anna besorgen, weil wir doch ab Mittwoch ins Landschulheim fahren. Und ich soll beim Aussuchen helfen. Es ist das erste Mal, dass wir uns an einem schulfreien Tag treffen.

Nach dem Essen räume ich den Tisch ab, während Astrid die Zwillinge bettfertig macht. Ausnahmsweise lese ich ihnen eine Gute-Nacht-Geschichte vor.

Die beiden schauen mich mit großen Augen an. »Kannst du nicht doch bei uns schlafen?«, fragen sie.

»Leider nicht«, erkläre ich.

»Weil du verabredet bist?«

Ich nicke.

»Mit einem Mädchen?«

»Ja.«

»Ist sie deine Freundin?«

»Vielleicht«, antworte ich und kann mir bei der Vorstellung ein Grinsen nicht verkneifen. Als Rikki mir vor dem Krankenhaus den Schwur abgenommen hat, ist sie so nah an mich herangerückt, dass ich Trottel kurz dachte, sie will mich küssen.

»Papa!!«, schreien die Zwillinge plötzlich und springen aus ihren Betten.

Ich habe meinen Vater nicht reinkommen hören. Er sieht mich und zögert kurz. Er überlegt, ob er mich umarmen soll oder nicht.

Dann klopft er mir sportlich auf die Schulter. »Na, alles klar bei dir?«

»So weit«, antworte ich.

Kurz darauf sitze ich ihm in der Küche gegenüber. Er hat sein Handy auf den Tisch gelegt. Während er isst, mustere ich jeden seiner Züge. Ich bin ihm sehr ähnlich. Wir besitzen die gleiche Kopfform, die gleiche Nase und die gleichen Hände.

Er kaut sehr langsam. »Wann haben wir uns das letzte Mal gesehen?«

»Vielleicht vor vier Wochen oder so.«

»Nicht länger?«, wundert er sich. Er nimmt sich das restliche Gulasch aus dem Topf. »Nicht vielleicht schon vor sechs Wochen?«

»Möglich«, antworte ich. »Ja.«

»Astrid hat gesagt, dass du nicht über Nacht bleibst.«

»Nein, ich bin morgen früh verabredet.«

Astrid ist vor dem Fernseher eingeschlafen. Mit der einen Hand umklammert sie die Fernbedienung, in der anderen hält sie ihre Brille. Ihr Mund steht offen.

Mein Vater fährt mich mit dem Firmenwagen zur Bushaltestelle.

»Tut mir wahnsinnig leid, dass ich so spät gekommen bin«, entschuldigt er sich. »Denk bitte nicht, ich hätte dich vergessen. Im Büro war heute der Teufel los.«

»Kein Problem. Ehrlich.«

»Wirklich schade, dass du schon gehst.«

»Ja, schade«, antworte ich. »Nächstes Mal.«

»Da bleibst du dann aber über Nacht, okay?«

»Okay.«

»Haben wir denn schon einen Termin vereinbart?«

Schon lustig, welche Begriffe mein Vater im Gespräch mit seinem Sohn manchmal verwendet. Abgesehen davon, dass seine Sätze kürzer als 'ne SMS sind.

Obwohl, ich bin auch nicht besser. »Wir können ja noch mal telefonieren.«

»Ja, gute Idee.«

An der Bushaltestelle bleiben wir stehen.

»Ich könnte dich nach Hause fahren«, schlägt er vor.

»Nee, lass mal. Du hast einen harten Tag hinter dir.«

Plötzlich hellt sich seine Miene auf. »Was macht eigentlich die Sache mit dem Roller?«

»Ich habe so etwa dreihundert Euro zusammen.«

»Echt? Und wie viel fehlt noch?« Umständlich rutscht er auf seinem Sitz herum und zieht seinen Geldbeutel aus der Gesäßtasche.

»Noch 'ne Menge ...«

Er reicht mir fünfzig Euro. »Hier. Dann kommst du deinem Traum ein Stück näher. Helm hast du?«

»Ja. Aber du musst mir kein Geld geben.«

»Ich möchte aber gerne.«

Sicher hat er längst vergessen, dass er den Führerschein bezahlen wollte.

»Da kommt dein Bus. Wir sehen uns.«

»Wir sehen uns.«

Unangenehme Begegnungen (1)

Am Montag nach Schulschluss leert sich das Klassenzimmer schnell. Nur Frau Dr. Störmer sitzt noch an ihrem Pult. Sie ordnet ihre Unterlagen für den Aufenthalt im Landschulheim, den sie vorhin mit uns besprochen hat.

Ich warte an meinem Tisch, bis Rikki ihre Tasche gepackt hat. Verstohlen beobachte ich, wie ihre schlanken Finger die Verschlusslaschen durch die Schnalle ziehen. Und ich bin erleichtert, dass wir gleich zusammen losgehen, um doch noch das Geschenk für Anna zu besorgen.

Denn Rikki hatte unsere Verabredung am Samstag kurzfristig wegen eines Schwimmwettkampfs abgesagt. Das ganze Wochenende war ich vor Weltschmerz kaum aus dem Bett gekommen. Höchstens, um aufs Klo zu gehen, abgepackten Zitronenkuchen mit Chips zu essen und meinen Rechner aus Katjas Zimmer zu holen, um im Netz nach Rikkis Wettkampfergebnissen zu suchen. Da ich nichts finden konnte, brach ich in Panik aus: Was, wenn es vielleicht gar keinen Wettkampf gab und Rikki mich einfach bloß nicht sehen wollte …?

»Welchen Platz hast du eigentlich gemacht?«, frage ich möglichst beiläufig, damit sie nichts von meinen Zweifeln merkt.

Rikki zieht eine Schnute und stöhnt. »*Totalmente fallado.* Siebter Platz. So schlecht war ich noch nie.« Dann schenkt sie mir ein schiefes Lächeln. »War wohl nicht ganz bei der Sache.«

An der Tür hält die Klassenlehrerin mich zurück. »Josh. Hast du einen Moment Zeit? Es dauert auch nicht lange.«

Rikki berührt mich kurz am Arm. »Ich warte unten auf dich.«

Auf einmal gehen sämtliche Paranoia-Lampen in mir an. Ist irgendwas mit Alex? Ich habe seit Donnerstag nichts von ihm gehört. Oder hat irgendjemand rausgefunden, dass ich hinter der ganzen Sache stecke?

»Es geht um den Aufenthalt im Landschulheim ...«, beginnt Frau Dr. Störmer so zögerlich, dass ich zusammenzucke.

»Darf ich nicht mit?« Wenn das schlechte Gewissen zu deinem täglichen Begleiter wird, rechnest du nur noch mit dem Schlimmsten.

»Doch, doch«, beruhigt sie mich. »Ich möchte mit dir nur über das Handyverbot sprechen. Nach der Geschichte mit Anna wollen wir jeden neuen Zwischenfall vermeiden. Darum ist die Reise für uns Lehrer eine sehr heikle Sache. Frau Aigner und ich haben beschlossen auf die Eigenverantwortung der Schüler zu setzen. Wir möchten, dass zwei von euch während der Fahrt die Augen offen halten und uns bei einem Verstoß informieren.«

»Und was hat das mit mir zu tun?«, frage ich überrascht.

»Unsere Wahl fiel auf dich. Du gehörst zu den Vernünftigeren in der Klasse.«

»Ich soll petzen?!«, empöre ich mich.

Frau Dr. Störmer schüttelt den Kopf. »Nein, nur die Augen aufhalten. So etwas wie mit Anna darf auf keinen Fall noch einmal geschehen.«

»Und wer soll die zweite Person sein?«

»Rikki. Mit ihr rede ich morgen. Da wäre allerdings noch eine Sache, die ich mit dir besprechen muss.« Sie hält mir den Zettel mit der Namensliste hin. »Deine Mutter hat das Geld für die Fahrt noch nicht überwiesen. Es wäre schön, wenn du sie daran erinnern könntest.«

Oh Mann. Das passiert Katja in letzter Zeit dauernd. Seitdem sie arbeitslos ist, überzieht sie ständig ihr Konto und dreht jedes Mal durch, wenn unvorhergesehene Kosten auf sie zukommen.

Mir graust es schon jetzt, sie darauf anzusprechen. Denn sie reagiert immer mit der gleichen Leier: »Geh doch zu deinem Vater, der hat Kohle.«

Dabei zahlt er ihr ja schon Unterhalt für mich. Aber wenn ich ihr das sage, hält sie mir vor, dass ich überhaupt keine Ahnung hätte, was so ein Kind – also ich – kostet.

»Gerade nach dem Vorfall mit Anna hat die Reise für den Klassenverband eine besonders wichtige Bedeutung«, fügt Frau Dr. Störmer hinzu. »Falls es also Probleme mit der Bezahlung gibt, sag Bescheid. Uns stehen zur Not noch ein paar Töpfe zur Verfügung. Wir haben auch andere Schüler, deren Eltern arbeitslos sind. Kein Grund, sich zu schämen.«

Ich seufze leise. So was würde Katja nie annehmen. Dazu ist sie zu stolz.

»Was wollte die Störmer?«, erkundigt sich Rikki auf dem Weg zum Einkaufszentrum.

Ich fasse das Gespräch kurz zusammen. Die Sache mit dem Geld erwähne ich allerdings nicht.

»*Que bueno!*« Rikki schlägt mir gut gelaunt auf die Schulter. »Dann sind du und ich eben die Sheriffs auf der Reise. Das wird bestimmt lustig!«

Ich muss schon ein wenig darüber staunen, wie positiv Rikki die Dinge manchmal sieht, und finde überraschend schnell Gefallen daran. Wenn wir zusammen wären, könnte ich mir vielleicht etwas von dieser Leichtigkeit abschauen. Schon jetzt habe ich wegen unserer kleinen Shoppingtour richtig gute Laune.

»Was willst du Anna eigentlich schenken?«, frage ich.

»Ist dir aufgefallen, wie blass Anna ist? Ich dachte, ich besorge ihr ein paar Schminksachen. Nix Großes, nur Make-up, Lippenstift und Eyeliner. So etwas kriegt sie von ihren Eltern bestimmt nicht.«

Es macht Spaß, Rikki beim Einkaufen zuzuschauen. Prüfend nimmt sie verschiedene Stifte und Pinsel in die Hand und betrachtet sie kritisch. Am Lippenstiftständer probiert sie verschiedene Farben auf ihrem Handrücken aus. Sie scheint genau zu wissen, wonach sie sucht.

Ich kann mir nicht helfen, aber ich finde Rikki einfach umwerfend.

Auf einmal steht Peggy vor mir und strahlt mich an. »Hey Josh!«

Haralds Tochter trägt jetzt eine Zahnspange und einen Pony. Außerdem hat sie sich einen fetten schwarzen Lidstrich aufgemalt.

»Das ist ja ein schöner Zufall«, ruft sie und fällt mir um den Hals. Überrumpelt lasse ich es zu.

»Warum antwortest du nie auf meine Nachrichten?«

Verlegen schaue ich zu Rikki, die uns beobachtet.

»Rikki, d-das ist Peggy«, stelle ich sie stammelnd vor. »Die Tochter vom Freund meiner Mutter.«

Peggys Lächeln gefriert augenblicklich. »Seid ihr ein Paar oder was?«

Die Situation wird mir immer peinlicher. Außerdem weiß ich nicht, was ich sagen soll.

Aber Rikki schon. »Und wenn?«

Mir fällt die Kinnlade runter, Peggy scheint auch geschockt zu sein.

»Dahinten ist meine Freundin. Muss los«, erklärt sie knapp, dreht sich um und läuft davon.

»Du hast mir gar nicht verraten, dass du auf kleine Mädchen stehst«, meint Rikki und stützt ihre Hände in die Hüften.

Entgeistert blicke ich sie an. »Ich ...«

»Schon gut, *tonto*, ich habe doch nur Spaß gemacht. Lass uns zur Kasse gehen.«

Vor dem Geschäft der Mall prüft Rikki noch einmal den Inhalt ihrer Tüte, sie wirkt unzufrieden. »Hm, nicht gerade viel ...«

Da wir neben einem asiatischen Blumenladen stehen, schlage ich einen kleinen Strauß vor.

Rikki schüttelt den Kopf. »Nein, das sieht zu sehr nach Beerdigung aus. Und die Stimmung in ihrem Krankenzimmer ist schon so gruftig genug.« Plötzlich hellt sich ihre Miene auf. »Wollen wir da drüben zu H&M? Vielleicht finde ich ja da was für Anna.«

Also stürzen wir uns ins Getümmel und schlendern zwischen den Kleiderständern umher. Immer wieder hält Rikki einen Rock oder ein Shirt an ihren Körper und fragt mich nach meiner Meinung.

»Dir würden diese Sachen sicher gut stehen«, erkläre ich nach einer Weile. »Aber bei Anna bin ich mir nicht so sicher.«

Rikki mustert mich nachdenklich. »Vielleicht hast du Recht.«

»Warum kaufst du ihr nicht einen Gutschein?«, schlage ich vor. »Dann kann sie später selbst entscheiden, was ihr gefällt.«

Rikki ist von der Idee begeistert. »Und ich begleite und berate sie dann, sobald es ihr wieder besser geht. Wie ich es ihr versprochen habe.«

Die Kassiererin möchte wissen, wie hoch der Gutschein sein soll.

»Fünfzig Euro«, erklärt Rikki und greift nach ihrem Geldbeutel.

»Warte.« Ich fasse nach ihrer Hand und berühre dabei das rosa Armband. »Das ist doch viel zu viel.«

Sie winkt ab. »Schon okay, Anna hat doch nichts.«

»Aber du bist selbst pleite.«

Die Kassiererin blickt genervt zur Schlange, die sich hinter uns gebildet hat.

»Ach was«, meint Rikki und legt einen braunen Schein auf den Tresen. »Ich habe einen Vorschuss auf mein Taschengeld bekommen.«

»Dann beteilige ich mich.« Entschlossen greife ich in

meine Hosentasche und ziehe einen Zwanziger und einen Fünfer heraus. Das Geld habe ich vorsorglich aus meiner Zigarrenkiste genommen, falls Rikki und ich noch was essen oder trinken wollen.

»Quatsch. Lass stecken.«

»Nein«, widerspreche ich. »Ich bestehe darauf.«

Sie schaut mich verblüfft an und steckt zögernd das Geld ein. »Also gut, danke.«

»Halleluja«, ruft die Kassiererin und verdreht die Augen.

Unangenehme Begegnungen (2)

Nach dem gemeinsamen Kauf des Gutscheins sind Rikki und ich richtig gut drauf. Vergnügt ziehen wir weiter durch die Mall und albern dabei herum. Ich schnappe mir ihre Tüte, sie holt sie sich zurück, ich greife wieder danach – und stoße dabei an einen wackligen Plastikstuhl, der sofort in sich zusammenklappt und neben einer Plastikpalme zu Boden fällt. Als ich ihn wieder aufrichte und mich lachend zu Rikki drehe, ist sie ganz bleich.

Erst jetzt erkenne ich, dass der Stuhl zum Eiscafé gehört. An der Theke lehnen zwei Mädchen aus unserer Klasse und grinsen dümmlich: *Pink Ladies.*

Und ihre aufgetakelte Anführerin Cheyenne sitzt am ersten Tisch unter einem mit Eistüten bedruckten Sonnenschirm und hält Händchen mit einem dunkelhaarigen Typ im Anzug.

»Hallo Rikki. Schön, dass du vorbeikommst.« Lächelnd weist Cheyenne auf den Mann, der eine E-Zigarette geküntelt in seiner freien Hand hält. »Das ist Schmitti, mein Freund. Und das, Schmitti, ist Rikki, von der ich dir schon viel erzählt habe.« Mich ignoriert sie einfach.

Cheyennes Lover bläst langsam den Rauch aus und schaut Rikki von oben bis unten an. Ich schätze ihn auf Anfang dreißig. Obwohl er ganz gut aussieht, strahlt er etwas Unangenehmes aus. Aber das mag auch daran liegen, dass er sich mit so einem Miststück wie Cheyenne eingelassen hat.

»Hi, Rikki«, sagt er mit einer tiefen, weichen Stimme. »Freut mich sehr.«

Rikki antwortet ihm nicht. Einen Moment später spüre ich ihren warmen Atem an meinem Ohr. »Bitte lass uns gehen«, raunt sie.

Cheyenne erhebt sich. »Jungs, gebt ihr uns einen Augenblick? Ich müsste kurz mit Rikki etwas besprechen. Alleine.« Sie setzt ihr falsches Grinsen auf. »Eine Frauensache, ihr versteht schon.«

Schmitti steht auf, streicht Cheyenne über die falschen Locken und steuert die Theke mit den *Pink Ladies* an. Ich jedoch lasse Rikki nicht alleine. Sie ist völlig erstarrt, wie diese lebenden Statuen in der Fußgängerzone, die sich erst bewegen, wenn jemand eine Münze in ihren Hut wirft.

Rasch ergreife ich das Wort. »Keine Zeit. Wir müssen weiter.«

»Hörst du das, Rikki? Dein Verehrer versucht dich zu retten.« Cheyenne macht ein paar Schritte auf mich zu und bleibt dicht vor mir stehen. Zu dicht. Von ihrer Parfümwolke wird mir übel.

»Glaub mir eins, Kleiner«, haucht sie und tätschelt herablassend meine Wange, »deine heiße Spanierin braucht keinen Schutz.« Sie zückt ein Handy mit goldener Hülle. »Warte, ich beweis es dir.«

»Kein Interesse«, blocke ich ab, packe Rikki bei der Hand und führe sie aus dem Bereich des Eiscafés heraus zum Gang.

Doch Cheyenne lässt sich nicht abwimmeln. »Ich habe da ein paar Aufnahmen von der Beachparty, die dich todsicher interessieren werden«, träufelt sie ihr Gift in mein Ohr. »Von Rikki und Alex. Die beiden sind so ein süßes Paar. Ich will mich ja nicht selbst loben, aber das sind wirklich ausgezeichnete Fotos.«

Am Kopf der Rolltreppe bleibe ich stehen. »Schon klar«, rufe ich ihr zu. »Mit Fotos kennst du dich ja bestens aus. Und mit Erpressung.«

Cheyenne starrt Rikki finster an.

»Was ist?«, frage ich sie herausfordernd. »Hat es dir die Sprache verschlagen oder hast du die Nummer schon vergessen, die du mit Alex abgezogen hast?«

Ich nutze ihre Verblüffung, um Rikki auf die abwärtsfahrende Rolltreppe zu ziehen. An ihrem Handgelenk knistert die Einkaufstüte.

Cheyenne folgt uns wie ein aufdringlicher Rosenverkäufer.

»Ach ja?«, kreischt sie und betritt ebenfalls die Treppe. »Dein sauberer Freund ist ja wohl der große Fotospezialist. Oder hast du etwa vergessen, was er Anna ...«

»Es reicht«, schneide ich ihr das Wort ab. »Ich höre mir

deinen Scheiß nicht länger an, Cheyenne.« Mit Rikki an der Hand laufe ich die restlichen Stufen hinab.

Doch das Klassenbiest denkt gar nicht daran, aufzuhören. »Schon klar, die Wahrheit tut weh«, dröhnt sie und jagt uns hinterher. »Ich könnte Sachen erzählen, die du garantiert nicht wissen willst.«

Im Erdgeschoss angekommen lotse ich Rikki hastig in einen Geschenkeladen, der auch eine Tür zur Straße hat. Cheyenne versucht mit unserem Tempo mitzuhalten, wird aber zu meiner Überraschung von einem Security-Typen mit Knopf im Ohr aufgehalten.

»Du nicht«, brummt er. »Du hast hier Hausverbot.«

»Lauft nur weg«, höre ich Cheyenne toben. »Aber glaub mir eins, Josh, deine Rikki ist nicht so harmlos, wie sie tut.«

Das bist du mir schuldig

Vor dem Einkaufszentrum donnern die Straßenbahnen vorbei. Noch immer hängt mir Cheyennes widerliches Parfüm in der Nase.

»Was war das denn eben?«, frage ich Rikki und schaue sie ratlos an. Noch immer halten wir uns an der Hand. »Wer ist dieser Schmitti? Und was soll das überhaupt für ein Name sein?«

Langsam schüttelt sie den Kopf. »Keine Ahnung.«

»Warum warst du im Eiscafé gerade so still?«, bohre ich weiter. »Sonst legst du dich in letzter Zeit doch dauernd mit Cheyenne an.«

Ich warte auf eine Erklärung, stattdessen entschlüpft Rikki meiner Hand mit einem »Ich muss los« und verschwindet im Trubel der belebten Fußgängerzone.

Ich würde ihr am liebsten nachlaufen, aber Cheyennes Gift wirkt bereits und raubt mir jegliche Energie. Von welchen Aufnahmen hat sie da eben gesprochen? Was lief am Keilsee zwischen Alex und Rikki? Ich habe nicht den geringsten Zweifel, dass schon bald ein paar eindeutige Bilder auf *Friendbook* erscheinen werden. Und ich habe keine Lust, darauf zu warten.

Vielleicht ist es am besten, wenn ich Alex frage.

In der Villa öffnet Herr Schwarz persönlich die Tür. Als er mich sieht, zieht er missbilligend seine buschigen Augenbrauen hoch.

»Ist Alex da?«, frage ich.

Herr Schwarz nickt. Müde lässt er mich eintreten.

Alex spielt vom Bett aus einen Zombie-Slasher auf der Playstation. Im Hintergrund läuft *Interpol.* Das Zimmer riecht muffig und abgestanden. Am Boden liegen eine Hantel mit großen Gewichtscheiben und zwei Kettelbells, daneben stapeln sich jede Menge dreckige Teller, benutzte Gläser und Tassen. Und mit dem Pfandgeld der aneinandergereihten Colaflaschen könnte er sich glatt eine neue Vespa kaufen.

Als er mich sieht, springt er erfreut auf und dreht die Musik leiser. Auf seinem Plattenspieler dreht sich die Vinyl-Fassung der *Antic*-Platte.

»Josh!«, ruft er und umarmt mich wie ein Knacki im

Gefängnis, der nur selten Besuch bekommt. Dann schnuppert er an mir. »Riech ich da etwa Parfüm?«

Ich winke ab. »Störe ich? Dein alter Herr sah eben nicht so erfreut aus ...«

Alex lacht. »Mach dir keinen Kopf, der hat immer schlechte Laune.«

»Ich hab's schon gehört: Er will die Schule verklagen?!«

Auf dem Riesenfernseher wird gerade Alex' Zombiejäger mit der Armbrust von gesichtslosen Fleischbatzen umzingelt und dann in Stücke gerissen. Der Bildschirm färbt sich rot.

»Tja ...« Er grinst und schaltet den Fernseher ab. »Mein Vater will – ich zitiere – ›diesen verlotterten Miststall von Schule mal so richtig aufräumen‹. Wenn ich es nicht besser wüsste, könnte glatt jemand auf den Gedanken kommen, dass er eine Reinigungsfirma besitzt.«

»Alles okay bei dir?«, erkundige ich mich, weil er sich so unnatürlich aufgekratzt verhält. »Ich hab seit dem Kino nichts mehr von dir gehört.«

»Kein Wunder. Die Polizei war gleich am Freitagmorgen hier und hat mein iPhone, mein MacBook, meinen iMac und mein Tablet beschlagnahmt. Einfach alles, bis auf die Playstation und meine Boxershorts.«

Ich schlucke. Erst jetzt fällt mir sein leerer Schreibtisch auf. Nur die Dockingstation für sein Handy steht dort. Allein die Vorstellung, dass die Polizei bei uns anrücken und Katja die Tür öffnen würde, gruselt mich.

»Ach du Scheiße!« ist alles, was ich herausbringe.

Aber Alex strahlt nur sein altes Siegerlächeln. »Ach was, das ist doch cool.«

»Ernsthaft?« Staunend lasse ich mich auf seinem Design-Drehstuhl nieder. »Was soll denn daran cool sein?«

»Mann, Josh. Für mich bist du doch der schlauste Typ auf diesem Planeten. Enttäusch mich jetzt bloß nicht.«

Ratlos zucke ich mit den Achseln. »Tut mir leid, aber ich check's einfach nicht.«

»Das liegt doch auf der Hand: Da ich Annas Bilder nicht geteilt habe, werden die Buletten beim Untersuchen meiner Geräte schnell feststellen, dass ich unschuldig bin. Und sobald sie die richtige IP-Adresse verfolgen, geht es Cheyenne an den Kragen.«

Die IP-Adresse! Nach einer Schocksekunde fällt mir ein, dass sie in meinem Fall zur Stadtbibliothek führen würde. Zum Glück. Der Schrecken sitzt mir dennoch in den Knochen.

Alex bekommt nichts davon mit und reibt sich erfreut die Hände. »Ich kann es kaum erwarten. Hast du mit der Drecksschlampe gesprochen?«

Kurz spiele ich mit dem Gedanken, von der heutigen Begegnung in der Mall zu erzählen, fürchte aber, dass es zu viele Fragen nach sich ziehen würde, zum Beispiel, mit *wem* ich dort war.

»Sie hat Freitag eins dieser Party-Bilder von dir auf *Friendbook* online gestellt.«

»Das habe ich nicht mehr mitbekommen.« Müde setzt sich Alex auf sein Bett. Auf dem Laken sind überall Soßenflecken. »Na ja, bei meinem ganzen Ärger ist das jetzt auch schon egal.«

»Ich wollte Cheyenne deshalb zur Rede stellen, aber das prallt alles an ihr ab. Sie ist felsenfest davon überzeugt, dass ihr keiner etwas nachweisen kann.«

Alex hebt den Zeigefinger. »Noch nicht! Warte es nur ab!«

»Sie hat auch erzählt, dass es ein paar interessante Bilder von dir und Rikki am Keilsee gibt.«

Alex lacht gehässig. »Echt? Das würde mich schwer wundern.«

»Und wieso?«

»Weil ich das Miststück gar nicht eingeladen hatte.« Er breitet seine Hände aus. »Wie will sie denn Fotos machen, wenn sie nicht da war?«

»Mich hast du auch nicht eingeladen«, rutscht es mir raus.

»Doch, klar.«

Das wüsste ich. »Ich habe keine Einladung bekommen.«

Alex spielt mit einer der Gewichtskugeln herum. »Das ging ja auch ganz allgemein an alle meine *Friendbook*-Freunde.«

Auf einmal steigt in mir wieder der Frust hoch, der mich erst dazu gebracht hat, Annas Foto in Alex' Namen zu verschicken. Soll ich ihm jetzt echt auseinanderdröseln, wie *Friendbook* funktioniert? Seine Einladung wäre ja vielleicht bei mir angekommen, wenn er mich nicht irgendwann entfreundet hätte! Manche Leute glauben eben so

Alex hat die Einladung an Friendbook-Freunde geschickt

fest an ihre eigenen Lügen, dass sie sie irgendwann für die Wahrheit halten. Weil ich mich nicht mit Alex streiten will, lasse ich die Sache fallen.

Er ist sowieso schon beim nächsten Thema. »Und Rikki? Hast du mit ihr geredet?«

Ich weiche seinem Blick aus.

»Verstehe«, brummelt er. »Die Zeichen stehen also immer noch auf Sturm. Weißt du, eigentlich ist es gar nicht so schlecht, dass ich nicht mit euch ins Landschulheim fahre. Wenn ich nur daran denke, mit all diesen Idioten Zeit zu verbringen, könnte ich schon kotzen. Aber du musst mir noch einen Gefallen tun ...«

Er steht auf, geht zum Schreibtisch und zieht einen pergamentfarbenen Umschlag aus einem Heft. Auf der Rückseite prangt ein protziges Siegel aus rotem Wachs mit einem verschnörkelten »S«. Wahrscheinlich der Prägestempel seines Vaters.

»Was soll das denn sein?«, will ich wissen. »Dein letzter Wille?«

Doch Alex ist auf einmal nicht mehr nach Lachen zu Mute. »Ein Brief für Rikki. Würdest du ihn ihr im Landschulheim geben, in einem passenden Moment? Mit ein wenig Abstand wird sie mir vielleicht doch glauben.«

»Ich weiß nicht«, murmle ich. Ich bin nicht gerade scharf darauf, zu Alex' privatem Briefboten zu werden, um die beiden einander wieder näherzubringen. Außerdem muss ich an Cheyennes Worte denken. Was ist auf den Bildern vom Keilsee drauf? Und wer hat die Fotos gemacht, wenn sie gar nicht da war? Wer lügt hier eigentlich?

»Bitte, Josh«, beschwört er mich. »Das ist der letzte Freundschaftsdienst, um den ich dich bitte. Das bist du mir schuldig. Denk an den *Hühnerhugo.*«

Die Rache des Hugo

Unser Eierwettessen damals hatte weitreichende Folgen – zumindest für Alex. Dass die Sache am Ende aufgeflogen ist, hat er sich irgendwie selbst zu verdanken. Warum musste er sich auch mit Ringo ausgerechnet im *Hühnerhugo* treffen? Alex bestellte dort fröhlich grinsend einen Giant Cheeseburger mit doppelter Fleischmenge und reichlich Jalapeños. Als Beilage gab es dann Pommes und Polizei. Denn der Besitzer hatte ihn vom Überwachungsvideo erkannt. Und so wurde Alex kurz darauf von einem ungemütlichen Jugendrichter zu dreißig Sozialstunden verdonnert.

Mich hatte die Kamera offenbar nur von hinten aufgenommen. Und da mich Alex nie verraten hat, kam ich ohne Strafe davon. Aber ich war trotzdem mit dabei.

Marktplatz, Kehrdienst

»Dabei hat sich dieser Hugo das Ganze teuer bezahlen lassen«, maulte Alex und schwang den Besen. »Fünfzig Euro für die blöden Eier und dann noch mal dreihundert für den Schaden.« Wütend fuhr er sich durch die Haare. »Was denn für ein Schaden? Die paar Schalen auf dem Boden ...«

»Ich werde auf jeden Fall einen Teil davon übernehmen«, bot ich ihm an. »Fair ist fair.«

»Ach was. Das zahlt schon alles mein Vater«, winkte Alex ab. »Der hat ja noch versucht zu retten, was zu retten ist. Aber dieser blöde Hugo hat total auf stur gestellt. Tja, Auftrag weg, Sohn vor Gericht und jetzt kehre ich hier den Bordstein. Besonders lecker ist das nicht gerade.«

Grünpark, Müll einsammeln

Alex zupfte an seinem orangefarbenen Overall herum. »Ich komme mir wie ein Gefangener aus Guantánamo vor. Erzähl das bloß niemandem! Und mach ja kein Foto!«

Ich klaubte mit der Zange Zigarettenkippen vom Boden auf, dann strich ich über mein eigenes orangefarbenes Outfit. »Ganz sicher nicht. Ich sehe schließlich auch nicht besser aus. Wir könnten glatt als Zwillinge durchgehen.«

»Stimmt.« Alex fuchtelte mit seiner Zange herum. »Ich hätte ja nicht gedacht, dass das möglich ist – sich freiwillig für Sozialstunden zu melden.«

»War gar kein Problem. Aber die haben in diesem Büro ganz schön Augen gemacht. Wahrscheinlich hatten sie Angst, dass ich *erst* vorarbeite und *dann* etwas ausfresse.«

»Und warum machst du das wirklich?« Neugierig schaute er mich an. »Du bist jeden verdammten Tag dabei, wenn ich diesen Scheiß aufsammle. Das ist echt nicht nötig.«

Messplatz, Kehrdienst

»Und ob«, widersprach ich. »Das bin ich dir schuldig.«

»Ach Quatsch, du schuldest mir nichts.«

»Doch. Schließlich warst du nicht alleine im *Hühnerhugo*. Ich habe auch Eier in mich reingestopft.«

»Okay, wenn du drauf bestehst, dann schuldest du mir eben was. Aber wundere dich nicht, wenn ich das eines Tages einfordere.« Alex musste lachen. »Wenn ich an unsere berühmte Schacholympiade denke, die niemals in die Geschichtsbücher dieses ehrwürdigen Sports eingehen wird ... Ich werde jedenfalls in meinem Leben kein Ei mehr essen.«

»Ich auch nicht. Und noch mal danke, Alex.«

Marktplatz, Kehrdienst

Erstaunt sah Alex mich an. »Wofür?«

»Dass du mich bei der Polizei nicht verpfiffen hast.«

»Was hätte das denn gebracht, Josh? Außerdem war das Ganze doch meine Idee, ich habe sogar die Schlüssel besorgt.«

»Trotzdem«, sagte ich und höre einen Moment auf zu fegen. »Meine Mutter wäre mit Sicherheit vollkommen ausgetickt. Bestimmt hätte sie mich zu meinem Vater geschickt. Manchmal glaube ich, dass sie mich lieber loswerden und ihr eigenes Leben führen möchte.«

Alex grinste verständnisvoll. »Das kenne ich. Mein Vater ist auch nicht gerade glücklich darüber, dass ihm der *Hühnerhugo* den Auftrag gekündigt und sich sein Sohn als Einbrecher entpuppt hat ...«

Ich seufzte.

Fußgängerzone, Müll einsammeln

»Ist schon in Ordnung so, Josh. Die Strafe hab ich verdient. Ich war ja nicht das erste Mal zum Mitternachtssnack in dem Laden. Darum gab es auch diese beknackten Vorhängeschlösser. Und die Aktion hatte ja auch für andere schlimme Folgen.«

»Was meinst du?«

»Da es keine Einbruchsspuren gab, stand die Putzkolonne als Erstes unter Verdacht – weil die ja einen Schlüssel haben. Die haben richtig Ärger bekommen.« Alex seufzte kurz. »Echt kein Ruhmesblatt von mir.«

Unter den Brücken, Kehrdienst

Dann schüttelte er seine Schuldgefühle mit einer schnellen Kopfbewegung ab. »Mein Vater bewahrt übrigens seine Putzschlüssel jetzt an einem anderen Ort auf.«

»Weißt du, wo?«

»Klar!« Alex grinste breit. »Und ich weiß sogar, wo er die Schlüssel von seinem Boot versteckt hat. Gehen wir eben dahin, wenn wir wieder Party machen wollen.«

»Du bist einfach nicht kleinzukriegen«, sagte ich anerkennend.

»Na, mal abwarten ... Mein Vater droht ja damit, dass ich beim nächsten Schnitzer in so ein blödes Internat am Bodensee wandere.«

Vor Schreck hörte ich auf zu kehren. »Oh Mann, du würdest mir echt fehlen. Im Ernst.«

Aber Alex winkte ab. »Mach dir keine Sorgen, der blufft nur. Damit wollte er mir schon zigmal Angst machen.«

Flussufer, Müll einsammeln

Eine Weile hoben wir schweigend Unrat auf.

»So einsam wärst du doch ohne mich gar nicht«, stellte Alex fest. »Es gibt schließlich noch *sie*.«

Ich verstand nur Bahnhof. »Welche Sie?«

»Na, deine Traumfrau. Die, die du vor mir geheim hältst.«

Rasch wich ich seinem Blick aus. Wie oft hatte mich Alex deswegen schon gelöchert.

Er lachte schallend. »Jedes Mal, wenn ich von diesem Mädchen anfange, schaust du wie ein Truthahn auf der Schlachtbank.«

Ich blieb stumm. Alex ließ nicht locker. »Kenne ich sie?«

Ich wandte mich ab und warf eine zerfledderte Zeitung in den Müllbeutel.

»Komm schon, Josh, spann mich nicht so auf die Folter. Sieht sie hübsch aus, geht sie auf unsere Schule?«

»Also gut«, gab ich nach. »Es ist Rikki.«

Überrascht starrte Alex mich an. »Rikki?«, wiederholte er ungläubig. »Die Spanierin aus unserer Klasse?«

»Ja.«

Alex zog seine Stirn kraus. »Komisch, die ist mir noch nie so richtig aufgefallen.«

Ich zuckte die Schultern. Mir schon. Jeden Tag aufs Neue.

Spielplatz, Müll einsammeln

»Und hast du ihr schon gesagt, dass du sie toll findest?«

»Nein.«

»Hast du überhaupt schon mit ihr gesprochen?«

Alex ist Rikki noch nie aufgefallen

»Nicht wirklich.«

»Das ist so typisch Josh! Morgen werde ich mir deine Rikki auf jeden Fall mal genauer ansehen. Versprochen.«

»Aber bitte sag ihr nichts!«

»Du kannst dich auf mich verlassen, Josh. Ehrenwort.«

Die blaue Zunge

Im Waldschulheim trottet tagsüber eine riesige Promenadenmischung namens Beppo unbeaufsichtigt durchs ganze Haus. Nur das laute Tapsen seiner Tatzen ist überall auf dem Linoleum zu hören, er knurrt und bellt nie.

Beppo gehört zum Haus und Rikki hat ihn sofort ins Herz geschlossen. Sobald sie den Hund erblickt, ruft sie verzückt: *»Aaay, que lindo perrito«*, und fällt ihm um den Hals.

Ich habe keine Ahnung, was diese Worte bedeuten, aber in meinen Ohren klingen sie wie eine kleine Liebeserklärung. Überhaupt, seitdem wir auf dem Klostergelände angekommen sind, wirkt Rikki wie ausgewechselt. Als sei eine schwere Last von ihr abgefallen.

Uns allen tut es gut, mal ein paar Tage von Anna, Alex und der schlechten Stimmung in der Schule ganz weit weg zu sein. Rikki und ich sind außerdem wahnsinnig erleichtert, dass sich die Giftnatter Cheyenne noch am Abreisetag krankgemeldet hat. Und weil wir unsere Handys zu Hause lassen mussten und nun von der restlichen Welt abgeschnitten sind, können alle endlich ein bisschen aufatmen.

Ich auch.

Rikki und ich sitzen im Kellergeschoss unter der Treppe, weit weg von den anderen. Fasziniert schaue ich zu, wie geduldig sich Beppo von ihr knuddeln lässt. Mit ihren offenen schwarzen Haaren sieht Rikki einfach wunderschön aus. Am liebsten würde ich von den beiden ein Foto machen. Nur liegt mein Smartphone brav zu Hause in der Schublade meines Schreibtischs.

Zugegeben, anfangs hat es mich gestört, wenn Rikki Beppos graubraunes Fell streichelte. Erst dachte ich, es liegt an seinem Geruch, seinem Gesabber, bis mir der Grund schließlich klar geworden ist: Ich bin eifersüchtig. Doch das hält mich natürlich nicht von ihr fern. Sicher sieht das Ganze etwas blöd aus: Rikki folgt dem Hund und ich folge Rikki.

Aber warum Beppo eine blaue Zunge hat, kann auch sie nicht erklären.

»Vielleicht doch ein Chow-Chow«, sagt Rikki nachdenklich. »Die haben immer so Zungen.«

Von oben hören wir kreischende Stimmen, ständiges Herumrennen und Türenschlagen. Denn zusammen mit unserer Klasse hat sich auch eine extrem nervige Sechste im Landschulheim einquartiert.

»Für mich ist Beppo eher eine Mischung aus Bernhardiner und Pandabär«, spotte ich. »Mit einem Spritzer Bergziege.«

Rikki muss lachen. »Ach Josh, du bist und bleibst ein *tonto*!«

Das sagt sie dauernd zu mir. »Was soll das eigentlich bedeuten? Ich kann kein Spanisch.«

»Ich bring es dir gerne bei.« Ihre dunklen Augen leuchten. »*Tonto* heißt Dummkopf.«

»Herzlichen Dank auch, Rikki!«, rufe ich gut gelaunt. »Das ist wirklich ein tolles Kompliment.«

Sanft boxt sie mir auf den Arm. »Ach komm, du weißt doch genau, dass es nett gemeint ist.«

»Also, wenn das ›nett‹ sein soll, dann möchte ich nicht wissen, was du sagen würdest, wenn du mal ›supernett‹ sein willst.«

Sie lässt Beppo los und strubbelt mir kurz über meine Haare. »Wenn ich supernett sein will, nenne ich dich einfach *tontito*.«

»Und was soll das wieder bedeuten? Superdummkopf!?«

»Nein, *tontito* heißt Dummköpfchen.«

Jetzt muss ich lachen. »In diesem Fall gefällt mir *tonto* doch besser. Oder nenne mich gleich *tinto*.« Ich weise auf Beppo. »Dann passe ich zu seiner blauen Zunge.«

Und dann küsst sie mich. Einfach so. Ohne Vorwarnung.

Ihre Hände liegen auf meinen Schultern und ich fühle mich wie ein glücklicher Dummkopf. Plötzlich ist mir alles andere egal.

Egal, dass wir den ganzen Tag im Wald arbeiten und überflüssige Hochsitze bauen müssen.

Egal, dass Ringo wie ein Psychopath durchs Unterholz springt und irgendetwas vom »Kettensägenmassaker« krakeelt.

Egal, dass Cheyennes verwaiste *Pink Ladies* mit übereinandergeschlagenen Beinen auf Holzstämmen herumsitzen und keinen Finger rühren.

Egal, dass ich das Zimmer mit Paolo und Doppel-D teile, die beide ständig Fürze knattern lassen.

Egal, dass die Sechstklässler nach Mitternacht lärmend über die Flure rennen.

Egal, dass wir im Stuhlkreis über das Leben ohne Smartphones und Internet diskutieren sollen.

Egal, dass sich Rikki beim Erste-Hilfe-Kurs, beim Bäume-Klettern und beim Besichtigen des Sägewerks mir gegenüber zurückhält. Also eigentlich immer, wenn die anderen dabei sind.

Mir ist auf einmal alles egal, solange Rikki und ich zusammengehören.

Und so oft es geht, stehlen wir uns davon. Meistens sitzen wir nach dem Abendessen auf einer kleinen Brücke und lassen die Füße über den Bach baumeln. Oder wir gehen heimlich im Wald spazieren. Einmal verstecken wir uns im Schutz der Dunkelheit auf einem der selbst gebauten Hochsitze und beobachten zwei der Sechstklässler. Der Junge versucht unbeholfen das Mädchen zu küssen. Rikki wartet amüsiert ab, wie seine Annäherungsversuche weitergehen. Aber als ich aus Spaß ein schmatzendes Geräusch von mir geben möchte, presst sie ihren Zeigefinger auf meinen Mund und bringt mich zum Schweigen.

Ich bin zum ersten Mal in meinem Leben richtig glücklich.

Mir geht es sogar so gut, dass ich Rikki an einem Nachmittag endlich Alex' Brief überreiche.

Überrascht starrt sie auf den zerknitterten Umschlag mit dem roten Siegel. »Was soll ich damit?«

»Ich habe es Alex versprochen.«

Sofort verdüstert sich ihr Gesicht. »Weil er immer noch dein Freund ist und du ihm zur Seite stehst, richtig?«

Ich nicke. »Soll ich dich damit lieber alleine lassen?«, frage ich.

Rikki schüttelt den Kopf, öffnet den Brief, überfliegt hastig die Zeilen. Kaum ist sie fertig, zerreißt sie ihn in viele kleine Minifetzen.

»Was machst du?«, rufe ich erschrocken.

»Mir ist egal, was dieses Arschloch schreibt«, erklärt Rikki. »Ich glaube nicht an den Weihnachtsmann und erst recht nicht an den geheimnisvollen Hacker.«

Ich atme laut aus. Wieder einmal regt sich mein schlechtes Gewissen.

»Ich habe es dir schon mal gesagt: Alex ist für mich gestorben«, verkündet Rikki mit entschlossener Stimme. Sie nimmt meine Hand. »Hör zu, wenn du mich wirklich magst, dann sprichst du mich nie wieder auf diese Sache an. Okay?«

Als ich nicht schnell genug antworte, springt Rikki auf und zieht mich mit sich. »Jetzt mach doch nicht so ein Gesicht, *tonto*. Komm, ich zeig dir was. Das wird dir gefallen!«

Sie führt mich ins Untergeschoss des Heims. Beppo

liegt diesmal dösend am anderen Ende der Treppe vor den Toiletten.

»Hier treibst du dich rum.« Sie beugt sich zu ihm, fährt mit den Fingern durch sein Fell und sagt dann: »Hast du Durst? Trink, *perrito*, trink! Na los.«

Schwerfällig erhebt sich der Hund, schlurft zu einer der Toiletten, stößt die Tür auf und hängt seinen Kopf laut schlabbernd in die Kloschüssel. Danach schleppt er sich wieder davon.

Rikki zeigt in die Schüssel: Ein klobiger Klostein färbt das ganze Wasser blau. »Bitte schön, das Geheimnis seiner Zunge.«

»Unglaublich«, sage ich lachend. Alex' Brief habe ich schon fast vergessen, weil es mir gut geht, wenn es Rikki gut geht.

Plötzlich steht Frau Dr. Störmer hinter uns. »Da seid ihr ja.«

Unsere Klassenlehrerin klingt verärgert. Ertappt drehen wir uns um.

»Ich habe euch beide schon überall gesucht.«

»Was ist denn los?«, frage ich verwundert.

»Was los ist?«, wiederholt sie. »Das kann ich dir sagen: Während ihr euch hier verkrochen habt, hat sich einer eurer schlauen Mitschüler vor dem Duschraum der Mädchen versteckt und trotz Verbots mit dem Handy Fotos gemacht. Das war's! Morgen früh fahren wir nach Hause.«

Die Hütte brennt

Die Begrüßung nachmittags zu Hause fällt alles andere als herzlich aus. Meine Mutter ist nicht allein. Harald sitzt an unserem Küchentisch, drückt seine Zigarette im Aschenbecher aus und starrt mich hasserfüllt an. Auch meine Mutter kocht vor Wut, das erkenne ich an ihrem rotfleckigen Hals. Vermutlich haben die beiden wieder mal Streit.

Ich nicke ihnen kurz zu und will in mein Zimmer.

»Bleib gefälligst hier!«, pfeift mich Katja zurück.

Bevor ich reagieren kann, springt Harald auf mich zu, packt mich am Kragen meiner Jacke und drückt mich so heftig gegen den Küchenschrank, dass die Gläser hinter mir leise klirren.

Drohend hebt er seine freie Hand. »Du mieser kleiner Wichser!«

Harald ist schon öfter auf mich losgegangen, aber geschlagen hat er mich noch nie. Meistens hält ihn meine Mutter auf.

Doch diesmal nicht. Mit verschränkten Armen und zusammengepressten Lippen schaut sie zu, wie Harald mich in die Zange nimmt. Sein Kopf färbt sich knallrot, seine Glupschaugen treten hervor.

Ich habe keinen Schimmer, was er eigentlich von mir will. Und weil er mir die Luft abschnürt, bekomme ich auch kein Wort raus.

Plötzlich lässt Harald angeekelt von mir ab. »Das liegt alles nur an deiner Scheißerziehung«, schnauzt er meine Mutter an. Dann verlässt er ohne ein weiteres Wort unsere Wohnung. Krachend fällt die Haustür ins Schloss.

Meine Knie zittern, ich japse nach Luft. »Was war das denn?«, bringe ich krächzend hervor und reibe mir den schmerzenden Hals.

Tränen treten meiner Mutter in die Augen. »Harald hat dich bei der Polizei angezeigt.«

»Was?«, frage ich fassungslos. »Warum?«

Sie reibt sich nervös mit der Hand über den Mund. »Die Sache mit dem Mädchen aus deiner Klasse hat mir keine Ruhe gelassen. Darum wollte ich doch nachsehen, was für Bilder du auf deinem Handy hast.« Sie schweigt einen Moment. »Alleine kann ich das nicht, also habe ich Harald gebeten mir zu helfen.«

Und dann wird mir alles klar: Peggy. Ihre Fotos auf meinem Handy. Kein Wunder, dass Harald ausgerastet ist.

»Bist du von allen guten Geistern verlassen, Joshua?« Meine Mutter wird immer lauter. »Warum nimmst du solche Bilder von ihr auf? Die Kleine ist doch erst dreizehn.«

»Was denkst du denn von mir?«, schreie ich zurück. »Ich habe doch die Fotos nicht gemacht, sondern Peggy. Das sind Selfies.«

»Da hat Peggy Harald aber etwas ganz anderes erzählt!«, widerspricht sie harsch. »Sie sagt, dass ihr euch hier getroffen habt und du sie dazu überredet hast.«

Ich schnappe nach Luft. »Wie bitte?«

Katja schüttelt den Kopf. »Ich hatte ja keine Ahnung, was ihr zwei hier treibt, wenn ich weg bin.«

»Erstens bist du nie weg und zweitens war sie noch nie alleine hier. Das schwöre ich!«

Nervös fingert meine Mutter eine von Haralds Zigaretten aus der Packung, die auf dem Tisch liegt. Sie zündet sie an und ihr Gesicht verschwindet für einen Moment hinter einer Rauchwolke. »Warum sollte Peggy lügen?«, fragt sie etwas ruhiger.

»Keine Ahnung. Vielleicht weil sie Angst vor diesem durchgeknallten Idioten hat. Du hast ihn doch gerade selbst erlebt. Peggy schickt mir jedenfalls andauernd solche Fotos. Ich habe sie nie darum gebeten. Und ich will sie auch gar nicht.«

Katja inhaliert den Rauch mit einem zischenden Geräusch. »Wenn das stimmt, wieso hast du sie dann nicht gleich gelöscht?«

»Was weiß ich! Vermutlich fand ich das nicht so wichtig.«

»Nicht wichtig? Dass solche Nacktbilder im Umlauf sind, ist für dich also völlig normal?« Sie schüttelt ungläubig den Kopf. »Und als Harald Peggy bei dir im Bett erwischt hat? Wie war das eigentlich genau?«

»Das habe ich dir doch schon tausend Mal erzählt«, stöhne ich total genervt. »Sie ist einfach so zu mir unter die Decke gestiegen. Ich war richtig krank, schon vergessen? Wieso werde ich bloß das Gefühl nicht los, dass du mir nicht glaubst?«

»Ganz einfach: weil du mich belügst. Als ich dich neulich gefragt habe, ob auf deinem Handy auch solche Fotos sind, hast du das nicht nur geleugnet, sondern mir auch noch kackfrech das Telefon hingehalten.« Sie sieht mich eindringlich an, zerknickt ihre Zigarette im Aschenbecher. »Ich habe dir vertraut. Doch damit ist es jetzt vorbei,

Joshua. Unter Umständen müssen wir unsere gemeinsame Situation neu überdenken.«

»Wie meinst du das?«

»Vielleicht ziehst du besser zu deinem Vater. Soll der sich doch mit dir herumplagen. Mir wird das alles zu viel. Mein Leben ist auch ohne dich schon kompliziert genug.«

»War's das?«, frage ich wütend.

»Nein«, erwidert sie. »Ich will deinen Schlüssel. Sofort.«

Dreh dich nicht um

Ich liege kraftlos auf dem Bett und denke über meine verzwickte Situation nach. Mein Handy, mein Notebook und meine Schlüssel sind weg. Schwer zu sagen, ob das wirklich eine Erziehungsmaßnahme sein soll oder reine Hilflosigkeit meiner Mutter. Extrem demütigend finde ich es allemal. Und das alles wegen der Fotos von Peggy.

Dabei kennt sie noch nicht einmal mein wahres Geheimnis, das mich zwickt, plagt und quält, aber niemals verlässt. Am Anfang gleicht das schlechte Gewissen einem kleinen Hündchen. Wie ein braver Welpe folgt es dir auf Schritt und Tritt an der Leine. Und jedes Mal, wenn du dich nach ihm umdrehst, scheint es ein Stückchen gewachsen zu sein. Darum lässt du nach einer Weile die Leine los und ignorierst es einfach. Du spürst jedoch genau, dass es dir die ganze Zeit an den Fersen hängt. Es bleibt immer da.

Eine Weile konnte ich alles einigermaßen verdrängen, aber mit einem Mal schaffe ich das nicht mehr. Jetzt, nachdem ich mich wegen des Riesenkrachs mit meiner Mutter endlich wieder umdrehe, ist das kleine Hündchen zu einem wilden, gigantischen Ungetüm herangewachsen.

Noch schlimmer ist allerdings, dass sich mein Verdacht bewahrheitet hat: Katja will mich tatsächlich loswerden. Und sie hat es nicht nur laut ausgesprochen, sondern vermutlich redet sie auch mit meinem Vater darüber. Jedenfalls höre ich sie im Bad telefonieren, kann aber kein Wort verstehen, weil sie sich eine Wanne einlässt und das Wasser laut durch die Leitungen rauscht.

Ich stehe auf, gehe zu meiner Pinnwand und betrachte das zerknitterte Bild. Mit einem Mal kommt mir meine Lage nicht ganz so ausweglos vor: Ich bin nicht mehr allein. In meinem Leben gibt es endlich einen Menschen, dem etwas an mir liegt: Rikki. Ich muss sie sprechen.

Da sich meine Mutter im Bad eingeschlossen hat, schleiche ich mich in ihr Zimmer zu meinem Notebook und rufe *Friendbook* auf.

Rikki ist online, stelle ich erleichtert fest.

Liebe Rikki, tippe ich, lösche es aber gleich wieder, weil mir diese beiden Worte nebeneinander irgendwie peinlich sind. Besser, ich schicke erst mal ein harmloses *Hey* los.

Während ich auf eine Antwort warte, stelle ich mir vor, wie ich Rikki zu Hause besuche. Dank *Friendbook* besitze ich eine recht gute Vorstellung von ihrer Wohnung. Und schon bald könnte ich wirklich in ihrem Zimmer stehen und all die Dinge berühren, von denen sie täglich umgeben ist. Ich hebe kurz den Kopf und höre Katja im Bad plätschern.

Rikki antwortet nicht.

Sofort meldet sich wieder der Zweifel. Was ist, wenn

Rikki es sich inzwischen anders überlegt hat? Was ist, wenn sie außerhalb des Waldschulheims überhaupt nicht mit mir zusammen sein will? Schon im Bus auf der Rückfahrt war sie so komisch, denke ich plötzlich. Während ich unter der Jacke versteckt ihre Hand hielt, kauerte sie nur regungslos, schweigsam und bedrückt neben mir. Vermutlich hatte sie einfach keine Lust, in die alltägliche Welt zurückzukehren.

So wie ich. Denn in dieser Welt muss ich ihr endlich gestehen, was ich ihrer Freundin angetan habe. Und das wird sie mir nie verzeihen. So oder so hat unsere Beziehung keine Chance. Ich weiß es.

Panisch schicke ich ihr noch eine Nachricht:

Liebe Rikki, schreibe ich jetzt doch. *Alles gut bei dir?*

Keine Antwort.

Du fehlst mir, füge ich hinzu und es ist mir egal, wenn ich mich damit zum Deppen mache. Solange sie sich nur bei mir meldet.

Aber nichts. Keine Silbe.

Aus dem Badezimmer ist das röhrende Schlürfen des Ablaufs zu hören. Schnell schließe ich das Notebook und kehre lautlos in mein Zimmer zurück. Kurz darauf geht meine Mutter ins Bett. Es ist also mal wieder vorwurfsvolles Schweigen angesagt. Lange wird Katja das allerdings nicht durchhalten können, allein schon wegen Haralds Anzeige.

Mit klopfendem Herzen liege ich die halbe Nacht wach und überlege, wem ich mich anvertrauen soll. Vielleicht jemandem, der mich nicht kennt.

Ich muss endlich dieses riesige schwarze Ungetüm loswerden, bevor es mich noch ganz verschlingt.

Josh bei der Polizei

24

Mein Name ist Joshua Landauer

Am Morgen schwänze ich die Schule und stehe in aller Frühe vor der Polizeiwache am Marktplatz. Zu meiner Überraschung ist der Eingang verschlossen. Um reinzukommen, muss ich an der abgeblätterten Sprechanlage klingeln, aber das bringe ich irgendwie nicht fertig. Unentschlossen wandere ich eine Weile auf und ab. Keinen Schimmer, warum ich mich wegen dieser blöden Klingel so anstelle. Meine Augen brennen, ich friere.

Letztendlich trickse ich mich selbst aus, indem ich, ohne nachzudenken, auf den Knopf drücke. Der Summer brummt. Es dauert einen Moment, bevor ich die Tür in die richtige Richtung ziehe und sie sich mit einem lauten Schnappgeräusch öffnet.

Zum ersten Mal betrete ich eine Wache und mir wird schlecht.

»Guten Morgen.« Erwartungsvoll schaut mich der grauhaarige, uniformierte Polizist am Schalter an.

Ich starre auf seine Dienstwaffe, habe ein Blackout und kriege keinen Ton heraus.

»Wie kann ich dir helfen?«, fragt der Beamte.

»Gegen mich muss eine Anzeige vorliegen«, krächze ich. »Mein Name ist Joshua Landauer.«

»Landauer sagst du?« Er tippt etwas in den Computer ein. »Tut mir leid, unter diesem Namen finde ich nichts. Wer hat dich denn angezeigt?«

»Der Freund meiner Mutter, Harald Stepponek.«

Er bittet mich den Namen zu buchstabieren. »Nix. Was bringt er denn gegen dich vor?«

Ich huste kurz. »Er hat Nacktbilder seiner Tochter auf meinem Handy gefunden.«

Der Polizist zuckt mit den Schultern. »Das klingt eher nach einem Fall für die Kripo ein Stockwerk höher.«

Oben setze ich mich neben zwei voll tätowierte Motorradtypen in schweren Stiefeln. Nach einer gefühlten Ewigkeit ruft mich ein bärtiger Polizist, der sich als Hauptkommissar Rosner vorstellt, in sein Büro. Mit seinem breiten Kreuz sieht er wie ein durchtrainierter Bodybuilder aus. An der Wand hängen Fahndungsbilder, Fotos und ein Kalender, aber ich wage es kaum, genauer hinzusehen. Es riecht nach Kaffee. Auf dem Schreibtisch liegt ein halb ausgewickeltes Käsebrötchen mit einem krausen Salatblatt.

Erneut erzähle ich von Haralds Anzeige, doch auch Rosner findet dazu nichts im Computer.

»Ehrlich gesagt wundert mich das nicht«, erklärt er ernst. »Vermutlich war der Mann tatsächlich hier, aber es ist nun mal nicht strafbar, Nacktbilder zu erhalten. Höchstens wenn du sie weiterschickst. Aber selbst da sind sich die Gerichte nicht einig, ob es sich dabei um Pornografie handelt oder nicht. Ich nehme an, dass dir dein Stiefvater nur einen ordentlichen Schrecken einjagen wollte.«

Harald, dieses dumme Arschloch! »Er ist nicht mein Stiefvater«, platze ich heraus.

Rosner erhebt sich, hält mir seine kräftige Pranke hin. »Geh nach Hause, Junge, und mach dir keine Sorgen. Gegen dich liegt nichts vor.«

Am liebsten würde ich Harald jetzt selbst wegen dem

heftigen Würgeangriff gestern anzeigen. Aber darum bin ich nicht hier.

»Ist noch was?«

Nervös rutsche ich auf dem Stuhl herum.

Rosner sieht mich nachdenklich an. »Willst du vielleicht einen Kaffee?«

Ich nicke. Er stellt mir einen Becher hin, nimmt wieder Platz und dann erzähle ich ihm alles. Von der Party am Badesee, dem Einloggen in Alex' *Friendbook*-Konto bis zu Annas Selbstmordversuch. Viel besser fühle ich mich danach auch nicht.

»Es gibt zwar keine intelligenten Streiche«, meint Rosner, nachdem ich fertig bin, »aber das, was du da abgezogen hast, war schon extrem bescheuert.«

»Ich weiß«, murmle ich.

»Eine echt böse Geschichte«, findet Rosner. »Trotzdem macht der Suizidversuch als Folge einen solchen Fall nicht strafbar.«

»Das verstehe ich nicht. Ich bin doch schuld daran.«

Er fährt sich mit der Hand über den Bart. »Moralisch gesehen ja, rechtlich nein.«

Ich nehme einen Schluck Kaffee. Er schmeckt bitter. »Und wie geht es jetzt weiter?« Mir ist aufgefallen, dass Rosner sich bisher keinerlei Notizen gemacht hat.

Er spielt mit einem Kugelschreiber. »Junge, eins sollte dir klar sein: Du bist dabei, dich schwer zu belasten, sogar äußerst schwer. Wenn ich deine Aussage jetzt aufnehme, dann müssen wir der Sache auch nachgehen. Bist du also ganz sicher, dass du das wirklich willst?«

Ich atme tief durch. »Ja«, erkläre ich mit fester Stimme. »Ganz sicher.«

Ich will, dass das Ganze endlich ein Ende findet.

Rosner hebt die buschigen Augenbrauen. »Na gut. Sobald ich den Sachverhalt aufnehme, geht dein Fall an die Staatsanwaltschaft. Wie alt bist du? Sechzehn? Siebzehn?«

»Fünfzehneinhalb.«

Er nickt. »Also noch minderjährig. Dann muss ein Elternteil dabei sein, wenn du deine Aussage machst.«

»Was?!«, rufe ich ungläubig. »Muss das wirklich sein? Meine Mutter flippt total aus.«

»Was ist mit deinem Vater?«

Allein die Vorstellung finde ich abartig. »Meine Eltern leben getrennt und zu meinem Vater habe ich kein gutes Verhältnis.«

»Verstehe.« Rosner erhebt sich wieder. »Tut mir leid, aber dann kann ich nichts machen.«

»Wie ist das möglich?«, rege ich mich auf. »Ich bin extra hergekommen, um die Verantwortung für meine Tat zu übernehmen. Und jetzt will sich das keiner anhören?!« Ich werde lauter. »Sie müssen das aufnehmen!«, fordere ich. »Es ist alles mein Fehler, Alex ist unschuldig. Alexander Schwarz trifft keine Schuld.«

»Alexander Schwarz sagst du?« Rosner zieht die Stirn kraus. »Wieso klingelt da was bei mir?«

Er beugt sich zu seinem Rechner und hackt etwas in die Tasten. »Ah, da haben wir es ja. Die Sache Alexander Schwarz ist bereits abgeschlossen.«

»Wie, abgeschlossen? Das muss ein Fehler sein.«

»Junge, hier steht es schwarz auf weiß: Alexander Schwarz hat die Tat gestanden. Damit gilt der Fall als erledigt. Für uns zumindest.«

»Aber *ich* war es, ich habe das Foto verschickt. Ich kann Ihnen auch genau sagen, wann und wo ...«

»Ach Junge, es reicht jetzt«, fällt Rosner mir ins Wort. »Erst kommst du wegen einer Anzeige, die nicht existiert. Dann gibst du dir die Schuld für eine Tat, die ein anderer längst gestanden hat. Tu uns beiden einen Gefallen und geh nach Hause.«

Weil ich mich nicht vom Fleck rühre, beugt Rosner sich über den Schreibtisch. »Komm schon, Junge. Ich habe noch andere Sachen zu tun.«

Zögerlich stehe ich auf. »Aber warum hat Alex das zugegeben?«, frage ich ungläubig.

Rosner klingt nur noch genervt. »Kleiner Tipp: Wenn dieser Alex dein Freund ist, dann frag ihn doch selbst.«

Wann wolltest du mir davon erzählen?

Nach Hause kann ich nicht. In die Schule will ich nicht. Zu Alex traue ich mich nicht. Nach dem Gespräch mit Rosner streife ich wie an den typischen Samstagen durch die Innenstadt in Richtung Einkaufszentrum. In der Mall schieben irgendwelche Männer mit roten Reinigungsmaschinen über den Boden und hinterlassen eine feuchte Spur auf den Fliesen. Bei einem Stehbäcker hole ich mir einen dünnen Kaffee und warte. Keine Ahnung, auf was.

Kaum öffnen die Geschäfte, nehme ich die Rolltreppe,

um im Kaufhof Xbox zu spielen. Aber weder die Konsolen sind an noch die Monitore.

Der Verkäufer, an den ich mich wende, grinst. »Die Spielkonsolen bleiben bis vierzehn Uhr ausgeschaltet.« Und dann lacht er gehässig. »Wegen der Schulschwänzer.«

Also setze ich mich zu McDonald's und trinke eine hirnschockkalte Cola. Vielleicht hilft die ja gegen die Müdigkeit, denn der Kaffee hat nichts bewirkt.

Was soll ich jetzt tun? Abhauen vielleicht, egal wohin, Hauptsache, mich kennt dort keiner?

Ich greife in meine Hosentasche und zähle mein Rollergeld durch, das ich heute Morgen vorsorglich aus der Zigarrenkiste mitgenommen habe. Fassungslos stelle ich fest, dass hundert Euro fehlen. Meine Mutter muss sich mal wieder etwas ›geborgt‹ haben.

Na toll. Mit Katja zusammen zur Polizei zu gehen kommt für mich überhaupt nicht in Frage. Und wenn der Kommissar die Wahrheit gesagt und Alex alles zugegeben hat?! Nur warum? Wurde er vielleicht von seinem Vater dazu gezwungen?

Rosner hat Recht: Wenn ich es wirklich herausfinden will, muss ich Alex selbst fragen. Und ich muss ihm endlich die Wahrheit sagen. Unschlüssig bleibe ich sitzen, bis die ersten Schüler hereinströmen. Dann raffe ich mich schweren Herzens auf.

Alex ist nicht zu Hause. Die Frau an der Gartentür, vermutlich eine Reinigungskraft, teilt mir in gebrochenem Deutsch mit, dass er am Hafen ist. Bestimmt macht er sich einen schönen Tag auf dem Boot. Es liegt an einem dicht bewaldeten Seitenarm des Kanals. Alex hat mich einmal dorthin eingeladen, allerdings sind meine Erinnerungen an diesen Tag nicht besonders gut.

Aber das protzige Motorboot werde ich wiedererkennen. Denn als Besitzer einer Putzfirma fand es Herr Schwarz wohl lustig, es auf den Namen »Picobella« zu taufen.

Die Mittagssonne verwandelt den Fluss in eine glitzernde Fläche, in die sich die dünnen Zweige einer Trauerweide bohren. Schon beim Betreten der Anlegestelle erkenne ich Alex' kräftige Statur auf einem der Boote. Er trägt eine verblichene Latzhose, ist mit einem Schrubber zugange und bemerkt mich nicht.

Als er mich endlich entdeckt, hebt er kurz die Hand, bevor er mit einem kühnen Sprung vor mir auf dem Holzsteg landet. Eine blaue Kühlbox steht neben dem eisernen Poller, an dem das Boot festgeleint ist.

Alex mustert mich mit einem Blick, den ich nicht so recht deuten kann. Schließlich fragt er: »Solltest du nicht im Landschulheim sein?«

»Es gab einen Vorfall. Wir mussten abbrechen«, antworte ich. »Aber deswegen bin ich nicht hier. Ich muss mit dir reden, Alex. Es ist wichtig.«

Der Holzsteg schwankt leicht im Wasser.

»Das trifft sich gut.« Alex fischt sein Telefon aus der Hosentasche und drückt es mir in die Hand. »Wann wolltest du mir davon erzählen?«

Verwirrt starre ich auf das Display: Das Foto darauf zeigt ein Paar. Der Kopf des Mädchens liegt auf der Schulter des Jungen. Trotz der abendlichen Lichtverhältnisse erkenne ich Rikki und mich auf einem Holzstamm im Waldschulheim. Offensichtlich haben sich auch andere nicht an das Handyverbot gehalten.

»W-woher hast du das?«, stottere ich verwirrt.

»Wurde mir zugeschickt.« Alex betrachtet mich mit unverhohlener Verachtung. »Wegen diesem Foto bin ich mächtig ins Grübeln gekommen.« Er nimmt mir das Telefon wieder aus der Hand. »Über dich, Josh. Ich hatte mehr als genug Zeit, über alles nachzudenken. Und wie ich es auch drehe und wende, immer komme ich zum selben Schluss: Eigentlich kannst nur du mir die Scheiße mit Annas Foto eingebrockt haben.«

Weiß er wirklich Bescheid? Oder ist das ein Test? Mein Mund fühlt sich trocken an. Mir fällt auf, dass Alex keine Socken trägt, dass die Trauerweide am Ufer richtig schön aussieht und dass eine schwarze Ente gerade taucht. Die Zeit der Lügen ist jedenfalls vorbei.

»Es ist wahr«, gebe ich schließlich zu. »Darum bin ich heute gekommen.«

Alex nickt. Ich stelle mir vor, wie er mir jetzt eine reinhaut. Erst ins Gesicht, dann zwei kurze Haken in die Magengrube. Oder wie er mir einen Stoß versetzt, damit ich in voller Montur in den Fluss stürze. Aber nichts davon geschieht. Alex steht einfach nur da und sieht mir ins Gesicht. Vollkommen ruhig.

Das macht es nicht leichter. »Keine Ahnung, was mich damals geritten hat«, entschuldige ich mich endlich. »Aber es tut mir schrecklich leid. Ehrlich.«

Reglos schaut er mich an.

Kein Wunder, ich höre ja selbst, wie hohl, dumm und leer meine Worte klingen. Dass Alex die Wahrheit herausgefunden hat, bevor ich sie ihm erzählen konnte, nimmt meinem Geständnis jede Bedeutung.

»Ich weiß, ich hätte es viel früher sagen müssen«, winde ich mich. »Aber ich bin ein furchtbarer Feigling. Und immer wieder habe ich die richtige Gelegenheit verpasst. Heute war ich deswegen auf der Polizei, um alles zu gestehen.«

Er lächelt kalt. »Ein bisschen spät, findest du nicht?«

»Ja, vielleicht«, erwidere ich. »Sie sagen, du hast alles zugegeben. Stimmt das?«

Alex holt eine Dose Bier aus der Kühlbox. »Letzte Woche schon, allerdings war das, bevor ich dieses Foto zu sehen bekam.«

Ich finde das unbegreiflich. »Warum hast du das getan?«, frage ich. »Du warst es doch nicht.«

Er hält sich die kühle Dose an die Stirn. »Schätze, ich wollte es einfach nur hinter mir haben. Ich dachte, wenn ich alles zugebe, wird das Leben schon irgendwie weitergehen.« Er zeigt zum Boot. »Ich hab wieder Sozialstunden aufgebrummt bekommen. Und mein Vater hat mich zu tausend Jahren Schrubb-Dienst verdonnert. Gestern waren seine Firmenwagen dran, heute ist es sein Schiff und morgen die Lagerhalle. Das wird mich schon nicht umbringen.«

»Ich rede mit allen, auch mit deinem Vater, Alex. Ich gebe das Ganze zu. Glaub mir, ich habe die Lügen so satt.«

»Wozu? Etwa damit du dich besser fühlen kannst?« Alex öffnet die Bierdose mit einem lauten Zischen und sieht mich verächtlich an. »Ich will gar nicht, dass du dich besser fühlst, sondern wie ein Arschloch. Denn genau das bist du für mich: ein kleines, mieses Arschloch.«

Getroffen senke ich den Blick.

»Weißt du, anfangs war ich viel wütender auf dich.« Alex lässt sich auf der Kühlbox nieder und trinkt einen Schluck Bier. »Aber wie gesagt, ich hatte viel Zeit, um über alles nachzudenken. Und dabei ist mir Folgendes klar geworden: Hätte ich Annas Bild vielleicht selbst mit genau so einem blöden Spruch gepostet? Ja. Und hätte ich auch nur eine Sekunde damit gerechnet, dass sich die Nonne deswegen so etwas antut? Nein. Aber was ich einfach nicht verstehe: Warum hast *du* das gemacht? Was habe ich dir getan? Weißt du, ich dachte, wir wären Freunde. Aber das scheint ein Irrtum zu sein.«

Laut klatscht das Wasser an den Bootsrumpf.

Ich weiß nicht, wie ich es ihm erklären soll. »Eigentlich war es bloß aus Langeweile und Frust.«

»Langeweile und Frust?« Alex lacht sarkastisch. »Erzähl das doch mal Anna. Die hört sich solche Märchen bestimmt gerne an.«

»Ehrlich, Alex. Das ist die Wahrheit.«

Er wischt sich mit dem Handrücken Bier vom Mund. »Ich fasse mal kurz zusammen: Weil dem kleinen Josh gerade mal superlangweilig war, hat er sich die Mühe gemacht, meinen Account zu knacken, sich bei mir einzuloggen und in meinen privaten Nachrichten herumzuschnüffeln, um am Ende Annas Foto in meinem Namen mit einem fiesen Kommentar zu versenden. Und dafür ist er ganz zufällig in einer Bibliothek anonym ins Internet gegangen. Das hat jedenfalls die Polizei festgestellt.« Alex schüttelt den Kopf. »Komm schon, Josh, das glaubst du doch selbst nicht. Da muss noch etwas anderes dahinterstecken.«

Ich räuspere mich. »Das hört sich vielleicht kindisch an, aber ich war sauer auf dich.«

»Auf mich?« Alex fällt aus allen Wolken. »Wieso? Was habe ich dir getan?«

»Na ja«, druckse ich herum. »Weil du mich nicht zu deiner Party am See eingeladen hast. Ich fühlte mich ausgeschlossen.«

»Fängst du schon wieder damit an? Wie oft soll ich dir noch sagen, dass ich dich eingeladen habe, du Vollidiot? Die Einladung ging an alle in meiner Kontaktliste, also auch an dich.«

»Du hast mich doch auf *Friendbook* entfreundet«, erinnere ich ihn. »Schon vergessen?«

»Wie, entfreundet?« Alex schaut mich entgeistert an. »Was redest du da? So ein Schwachsinn! Ich entfreunde gar niemanden. Willst du mir etwa sagen, dass Anna nur im Krankenhaus liegt, weil du zu blöd bist, deine Nachrichten richtig zu lesen?«

Das wirft mich jetzt völlig aus der Bahn. Habe ich da wirklich etwas übersehen?

»Mag sein, dass ich mich da ein wenig reingesteigert habe«, erkläre ich verunsichert. »Vielleicht weil wir schon seit Wochen nichts mehr miteinander zu tun hatten.«

Alex verdreht ungnädig die Augen. »Und woran lag das wohl, hm?«

»Ist es vielleicht wegen dem Geld, das ich dir für den Helm schulde?«

»Spinnst du jetzt völlig?« Ungläubig sieht Alex mich an. »Behalte dein Scheißgeld! Deine Wahrnehmung ist echt so was von verdreht.«

»Was?«, frage ich verblüfft. »Was meinst du damit?«

»Josh, nicht *ich* habe mich zurückgezogen, sondern du.«

»Das stimmt nicht!«

»Und ob, Mann.« Alex klingt stinksauer. »Sobald mehrere Leute zusammenkamen, hattest du plötzlich keinen Bock mehr. Schon wenn jemand Drittes aufgetaucht ist, hast du sofort Theater gemacht und mir dann erklärt, was du an der Person alles scheiße findest. Hey, ich wollte dich auf jede Party mitnehmen, aber du hast jedes Mal abgelehnt. Ganz ehrlich, Josh, es hat mich kein bisschen gewundert, dass du nicht zu meiner Strandparty erschienen bist. Das war so typisch!« Er trinkt erneut einen Schluck. »Sieh einfach der Wahrheit ins Gesicht: Du bist zwar echt ein schlauer Kerl, aber auch eine wahnsinnige Klette. Du wolltest mich immer nur für dich allein – als wären wir so ein verliebtes Pärchen. Im Gegensatz zu dir brauche ich aber viele Freunde. Viele *verschiedene* Freunde.«

Tief getroffen schweige ich.

»Für mich bist *du* eine Riesenenttäuschung, Josh!«

Verzweifelt suche ich nach den richtigen Worten und greife nach den erstbesten. »Aber es muss doch irgendetwas geben, das ich tun kann.«

»Es gibt tatsächlich etwas: Rikki muss von dieser Sache erfahren! Ich gebe dir vierundzwanzig Stunden Zeit, um ihr alles zu erzählen. Wenn du es ihr bis dann nicht gesagt hast, übernehme ich das.«

Vielleicht geht es auch um Rikki, denke ich insgeheim, vielleicht ging es immer nur um Rikki.

Das machen Freunde nicht

Und ganz besonders um Rikki ging es sogar, als ich Alex zum ersten Mal auf dem Boot traf. Schon damals begann unsere Freundschaft langsam zu bröckeln. Wir sahen uns immer seltener, nur lag das nicht an mir. Er war es, der unsere Verabredungen dauernd platzen ließ. Mal rief er kurz vor der verabredeten Zeit an, weil ihm »etwas dazwischengekommen« war. Mal kreuzte er gar nicht auf und ging auch nicht an sein Handy. Und er hing wieder öfter mit seinen alten Kumpels ab. Überhaupt wurde ich das merkwürdige Gefühl nicht los, dass er mir absichtlich aus dem Weg ging.

Irgendwann wurde mir auch klar, warum: Alex hatte sich in Rikki verknallt.

In der Klasse trieb er sich plötzlich ständig in ihrer Nähe herum und in der Schulkantine setzte er sich regelmäßig – ganz zufällig – an ihren Tisch. Einmal sah ich nach Schulschluss im Hof, wie Rikki seinen Helm aufsetzte. Bestimmt wollte er sie nach Hause fahren.

Das kam also dabei heraus, wenn er versprach sich Rikki nur mal »genauer anzusehen«.

Weil mir das richtig schwer zu schaffen machte, war ich ganz froh, als Alex vorschlug ihn auf dem Boot seines Vaters zu besuchen. Endlich bekam ich eine Gelegenheit, ihn zur Rede stellen zu können.

Als ich am Hafen eintraf, kniete er oben am Bootsrand, um ein dünnes, geflochtenes Seil aus dem Fluss zu ziehen. Und so starrte ich erst mal seine weißen Arschbacken an, die ihm beim Bücken aus der Hose ragten.

Unvermittelt richtete er sich mit einem Ächzen auf. »Hab sie«, rief er und hielt mir ein nasses Tütchen entgegen. Wasser tropfte auf das Deck.

»Was ist das?«, fragte ich.

»Das, meiner lieber Josh, ist das bescheuerte Versteck meines Vaters!« Dann entknotete er den triefenden Beutel und zog triumphierend einen Schlüssel mit einem Ankeranhänger zwischen einer Handvoll Kieselsteine hervor. Er grinste. »Hey, aber kein Wort zu niemandem! Wenn jemand erfährt, wo er die Bootsschlüssel aufbewahrt, könnte der Dieb damit bis zur Nordsee und von dort aus in die ganze Welt schippern.«

Schweigend schaute ich zu, wie er die Tür zur Kajüte aufschloss.

»Was ist los?«, erkundigte sich Alex. »Du bist so still. Haste schlechte Laune oder was?«

Ohne eine Antwort abzuwarten, stieg er rasch die Stufen hinab, schaltete das Licht an und kam wieder hoch.

»Komm, hilf mir mal. Das alles packt sich nicht von selbst aus!« Geschickt sprang er von Bord und ging zu seinem Roller hinüber, der samt Ufo-förmigem Anhänger auf dem Steg geparkt war. Alex schlug die Plastikplane zurück und verkündete: »Der Käpt'n sagt, das muss alles aufs Schiff! Und der Käpt'n bin ich.«

Überrascht starrte ich auf die Einkaufstüten und Dosenbierpaletten.

»Machen wir einen Bootsausflug oder was hast du vor?«, wollte ich wissen.

»Hm, gar keine schlechte Idee.« Alex schaute auf seine Armbanduhr und lachte gut gelaunt. »Vielleicht haue ich ja tatsächlich eines Tages mit dem Kahn ab.« Er schnappte sich zwei Tüten. »Hopp, hopp, pack mit an.«

Frustriert verschränkte ich meine Arme. »Ehrlich, Alex, ich bin nicht zum Schuften zu dir gekommen.«

»Das sah aber neulich beim Müllaufsammeln ganz anders aus.« Alex stellte die Einkäufe auf dem Boot ab, dann schwang er sich selbst hoch. »Da bist du mir keine Sekunde von der Seite gewichen. Und jetzt habe ich mich eben an den Anblick meines Haussklaven gewöhnt.«

»Sehr witzig.« Seine gute Laune ging mir auf den Wecker. »Ich muss mit dir reden.«

Er griff sich einen der prallvollen Einkaufsbeutel, starrte dabei auf mich herab. »*Du* hast dich vielleicht mit mir verabredet, um mit mir zu sprechen, Josh. *Ich* aber habe mich mit dir verabredet, damit du mir hilfst. Warum machst du dich also nicht einfach nützlich und wir reden währenddessen?«

Stöhnend gab ich nach, hievte das Bier an Bord und folgte Alex unter Deck.

In der geräumigen Kajüte befand sich neben einer kleinen Kochnische eine Sitzecke mit Tisch. Am Bug machte ich ein Doppelbett aus. Darauf lagen zahlreiche, mit kleinen Hunden bedruckte Kissen.

Alex packte jede Menge Knabberkram aus den Tüten. »Und worüber willst du mit mir so unbedingt reden?« Schon an seinem spöttischen Tonfall spürte ich, dass er genau wusste, worum es ging. Und er wusste, dass ich es wusste.

»Über Rikki«, sagte ich.

Alex wandte mir den Rücken zu, zog einen Vorhang auf und stellte zwei Schalen ab. »Über Rikki?« Emsig schüttete er eine Packung Chips in eine der Schüsseln. »Und was gibt's da zu reden?«

»Mir ist aufgefallen, dass du in letzter Zeit immer in ihrer Nähe bist.«

»Ach was.« Alex schaute skeptisch und füllte Flips in die zweite Schale. »Bestimmt auch nicht mehr als du.«

»Aber du sprichst mit ihr«, warf ich ihm vor.

Alex ging nicht auf meinen gekränkten Ton ein. »Warum soll ich denn nicht mit ihr sprechen? Rikki ist doch nett.« Er schaltete die Anlage ein und leise Klaviermusik ertönte. Angewidert verzog er das Gesicht, holte sein Smartphone raus und stöpselte es ein. Nun erklangen die ersten vertrauten Töne von *Interpol*. Zufrieden schaute er wieder auf die Uhr. »Muss ja nicht jeder so ein stummer Fisch sein wie du.«

Sein lässiges Gehabe regte mich richtig auf. »Ich habe euch beobachtet. Du bist scharf auf sie. Gib's einfach zu!«

»Bleib doch mal cool«, beschwichtigte er mich, anschließend schaltete er die bunte Außenbeleuchtung ein.

»Ich bin aber nicht cool«, antwortete ich trotzig.

Alex drückte mir zwei Dosen Bier in die Hand, nahm die zwei Schüsseln und stieg über die Treppe nach draußen. »Warum kippst du nicht erst mal ein Bierchen und chillst ein wenig?«

Stumm folgte ich ihm. Seine ausweichenden Antworten machten mich rasend.

Oben auf Deck zeigte Alex vergnügt auf die bunten Lichter, die sich im Wasser spiegelten. »Ist doch ganz lauschig hier, oder nicht? Aber du, *Señor,* bist im Augenblick mächtig unentspannt.«

Er klappte zwei Stoffstühle auf, setzte sich in einen und schnappte sich sein Bier.

Diese betonte Lässigkeit ging mir total auf die Nerven. »Du hast versprochen, du schaust sie dir nur an!«, warf ich ihm enttäuscht vor.

»Mann, Josh, hör dir doch mal selbst zu. Du redest ja von ihr wie von einer Jacke im Schaufenster. Rikki ist aber ein Mensch. Ein echter Mensch.«

»Du weißt genau, was ich meine«, beharrte ich gekränkt. »*Ich* habe dir von Rikki erzählt.«

Alex nahm sich eine Handvoll Chips, stopfte sie in den Mund, kaute krachend.

»Ohne mich wäre sie dir noch nicht einmal aufgefallen«, machte ich weiter. »Und jetzt spannst du sie mir aus?!«

»Ausspannen? Soll das ein Witz sein?«, erwiderte er ruhig. »Du bist doch gar nicht mit ihr zusammen. Und wie soll das auch je klappen? Sobald sie nur in deiner Nä kannst du ja noch nicht mal atmen.«

»Das ist doch gequirlte Scheiße!«, empörte ich m besonders weil er hundertprozentig Recht hatte. Aber Rikki anzubaggern war trotzdem ein absolutes Tabu. »So etwas machen Freunde nicht.«

»Vielleicht hast du Recht. So etwas machen Freunde nicht.« Er lächelte milde. »Aber was soll ich sagen, Josh? Mich hat's nun mal erwischt. Aber richtig! So, jetzt weißt du Bescheid!«

Ich hatte mich also weder getäuscht noch mir die Sache eingebildet. »Läuft da schon was zwischen euch?«

Er schüttelte den Kopf. »Ich glaube sowieso nicht, dass sie mir eine Chance gibt.«

»Das sagst du doch nur, um mich zu beruhigen.«

»Nein, ehrlich. Ich glaube, sie hält mich noch immer für den alten Alex von vor der Meningitis.« Er hampelte wild mit den Armen herum. »Du weißt schon, der oberflächliche Angeber mit der prolligen Klappe.«

»Hast du dich denn schon mal mit ihr verabredet?«, fragte ich, weil ich nun alles ganz genau wissen musste.

»Nicht direkt. Ich hab ihr mal nach dem Sportunterricht angeboten sie nach Hause zu fahren. Allerdings standen da noch die anderen Mädchen herum. Auch Cheyenne. Und die drehte deswegen komplett durch. Die ist immer noch so was von eifersüchtig, unglaublich! Wusstest du, dass sie und ihre *Pink Ladies* so ein gemeinsames Kennzeichen haben ...«

Mir war klar, was Alex vorhatte. Er versuchte mich mit

seinem Charme zu beschwatzen, mich mit seinen lustigen Geschichten einzulullen, mich mit seinem Lachen anzustecken. Darin war er richtig gut. Aber ich wollte nicht. Nicht heute.

»Die *Pink Ladies* sind mir scheißegal«, schnauzte ich ihn an. »Ich finde dein Verhalten so was von link. Für mich bist du einfach nur eine Riesenenttäuschung.«

Aber ganz gleich wie aufgebracht ich war – Alex ließ sich nicht aus der Ruhe bringen. »Hör zu, Josh. Warum soll unsere Freundschaft darunter leiden? Wir können das doch ganz einfach regeln.«

»Ach ja?«, fragte ich pampig. »Und wie stellst du dir das vor?«

»Soll doch Rikki entscheiden. Das ist fair, weil wir beide auf ihre Wahl keinen Einfluss haben.« Er grinste breit. »Und wer weiß, am Ende will sie gar keinen von uns.«

Ich konnte darüber nicht lachen. Erst recht nicht, weil das Boot plötzlich schwankte und Rikki auf einmal leibhaftig vor mir stand. Hinter ihr mühte sich Anna erfolglos ab aufs Boot zu klettern.

»*Hola,* kommen wir zu früh?«

Jetzt trat genau das ein, was Alex noch vor wenigen Minuten beschrieben hatte: Ich vergaß bei Rikkis Anblick zu atmen. Während ich sie sprachlos anstarrte, sprang Alex auf und half Anna an Bord.

»Was für ein schöner Ausblick«, meinte Rikki und schaute auf den abendlichen Fluss. »Wem gehört das Boot?«

»Meinem Vater.« Alex stellte sich dicht neben sie.

»Als wir noch in Spanien lebten, hatten wir auch ein Boot«, erklärte Rikki versonnen.

Anna schaute stumm auf den Boden, ich steckte meine Hände in die Hosentasche.

»Das ist mein bester Freund Josh«, stellte mich Alex plötzlich Rikki und Anna vor, als ob wir uns nicht alle aus der Schule kennen würden.

Anna piepste nur einen Satz: »Ich muss um neun Uhr zu Hause sein.«

Und in dem Moment wurde mir einiges klar: Alex hatte alles genau geplant. Er wollte sich mit Rikki vergnügen und ich sollte mich währenddessen um Anna kümmern. Aber ohne mich. Auf solche doofen Spielchen hatte ich keine Lust.

»Ich muss los!«, sagte ich laut und sprang hastig vom Boot.

Damit hatte Alex nicht gerechnet. »Josh, warte«, rief er mir hinterher.

Aber ich verließ den Steg, ohne mich noch einmal umzudrehen. Sollte Alex doch selbst zusehen, wie er die Nonne wieder loswurde.

Grimmig sprang ich die Betontreppe hoch und stieß dort prompt mit Paolo zusammen. Fast wäre ihm die Flasche Wodka aus der Hand gefallen. Ihm folgten Elsa und Doppel-D.

»Ey, was ist mit dir?«, erkundigte sich Elsa. »Bleibst du nicht zur Bootsparty?«

Ich schluckte. Eine Party! Zum Umkehren war es nun eindeutig zu spät.

»Hab was vergessen«, murmelte ich.

Ich bin nicht cool, ich bin eindeutig nicht cool.

Geboren, verkackt, gestorben

Nach meinen gescheiterten Geständnissen bei der Polizei und bei Alex trete ich deprimiert den Heimweg an. Alex liegt mit seiner Einschätzung meiner Person vollkommen richtig: Ich bin ein Vollidiot *und* ein mieses Arschloch.

Weil ich keinen Schlüssel habe, muss ich klingeln. Als meine Mutter öffnet, bin ich auf alles gefasst: dass sie mich ignoriert oder mich wegen meines heimlichen Abgangs zusammenstaucht. Aber nichts von alledem. Mein Verschwinden ist ihr noch nicht einmal aufgefallen. Stattdessen plappert sie gleich munter drauflos.

»Stell dir vor, Joshi, ich habe ein Bewerbungsgespräch!« Sie streckt ihre Fäuste in die Luft und stößt einen heiseren Jubelschrei aus. »Gleich morgen! Die haben gerade angerufen. Ist das nicht toll?«

Und dann fällt sie mir um den Hals. Kein Wort zu Haralds Anzeige. Noch gestern hat es den größten Zoff aller Zeiten gegeben, aber schon heute bin ich wieder ihr bester Freund. Ihre ständigen Stimmungsschwankungen machen mich echt fertig. Willkommen zu Hause!

Ich bin so müde. Ich brauche dringend eine Pause. Eine Pause von mir selbst. Aber wie soll das gehen? Erschöpft hole ich mir in der Küche ein Glas Leitungswasser, sinke damit kraftlos aufs Sofa und schaue Katja zu.

Sie hat sich die Haare getönt. Mit der durchsichtigen

Frischhaltefolie auf dem Kopf eilt sie von einem Zimmer ins nächste und trägt unermüdlich aus allen Ecken und Enden Zettel für ihre Bewerbung zusammen. Es würde an ein Wunder grenzen, wenn sie tatsächlich die nötigen Papiere findet. Denn die kleinen Stapel mit Rechnungen, Briefen und anderen Unterlagen liegen überall in der Wohnung verteilt. Eine Ordnung hat sie nicht, einen Ordner auch nicht. Ich weiß nur, dass sie die wirklich wichtigen Unterlagen unter dem Fernseher auf dem kaputten DVD-Player hortet.

Vor mir auf dem Couchtisch steht mein Notebook – neben einem halb vollen Sektglas und einer Packung Zigaretten, allerdings nicht Haralds Marke. Auf dem Bildschirm leuchtet mir Katjas Lebenslauf entgegen. Das ist meine Chance, denke ich. Ich muss unbedingt nachsehen, ob sich Rikki inzwischen endlich gemeldet hat. Außerdem will ich mir Klarheit darüber verschaffen, wie die Sache mit Alex, der angeblichen Einladung und dem Entfreunden tatsächlich gelaufen ist.

Kaum ziehe ich den Rechner zu mir, kommt Katja herein. Doch anstatt sich sofort aufzuregen, bleibt sie ganz sanft. »Ach Joshi, würdest du mal draufschauen, ob sich irgendwo ein Fehler eingeschlichen hat? Du bist doch so gut in Deutsch.« Lächelnd legt sie eine Hand auf meine Schulter. »Ich soll morgen alles mitbringen. Es fehlt nur noch das Bewerbungsfoto.«

Trotz ihrer Munterkeit kommt mir meine Mutter abgekämpft vor. Ihre Tränensäcke treten deutlich hervor. Durch die getönten Haare unter der albernen Folie wirkt sie noch blasser und vor allem deutlich älter als sonst.

Mit einer Hand greift sie nach dem Sektglas. »Sag mal, mein Großer, ich muss dich noch um einen riesigen Gefallen bitten. Würdest du mir vielleicht etwas Kohle leihen? Auf meinem Konto herrscht gerade totale Ebbe.«

Darum ist sie so weichgespült, denke ich wenig überrascht, sie will etwas von mir.

»Komm schon, Joshi«, bettelt sie. »Ich weiß doch, dass du in dieser kleinen Kiste unter dem Bett einen Haufen Kohle aufbewahrst.«

Unwillkürlich muss ich an das fehlende Geld denken. »Hast du dir da schon was rausgenommen?«

»Äh, nein«, stammelt sie ertappt. »Wieso? Wie kommst du darauf?«

»Es fehlen hundert Euro.«

»Na ja, schon möglich, dass ich mir ein bisschen was geborgt habe, während du im Landschulheim warst«, druckst sie herum und wechselt nervös von einem Fuß auf den anderen. »Allerdings nur, um das Nötigste einzukaufen. Aber das bekommst du doch alles zurück! Du weißt doch genau, dass du dich auf mich verlassen kannst.«

»Warum sagst du nicht einfach Bescheid oder legst wenigstens einen Zettel rein?«, herrsche ich sie an. »Genau wie mit meinem Computer. Den nimmst du dir auch immer, ohne mich zu fragen.«

»Oh Mann, Joshua.« Sie schnauft genervt. »Jetzt hörst du dich schon genauso pingelig an wie dein Vater. Leihst du mir das Geld oder nicht?«

Ich merke plötzlich, dass ich meinen kompletten Ärger

an ihr auslasse. Sofort ändere ich meinen Ton. »Wie viel brauchst du?«

Sie zieht ihren rechten Mundwinkel nach oben. »Ist für ein neues Oberteil. Mit meinen ollen Klamotten kann ich morgen nicht antanzen. Sind hundert Euro okay? Oder nein, lieber hundertzwanzig oder besser hundertfünfzig.«

Ich halte ihr drei Fünfziger vor die Nase, handle aber noch etwas raus. »Aber erst will ich meinen Schlüssel und mein Handy zurück.«

»Im Kleiderschrank, dritte Schublade, bei der Unterwäsche. Bedien dich.« Mit einer raubfischartigen Bewegung schnappt sie sich das Geld und verschwindet dann im Bad.

Das Handy ist natürlich restlos entladen. Während es am Stromkabel hängt, setze ich mich wieder vor das Notebook. Hundemüde schaue ich mir Katjas Lebenslauf mit den ganzen Zahlen und Fakten an. Kaum vorstellbar, dass auch ich mein Leben irgendwann in Tabellenform bringen werde: geboren, verkackt, gestorben.

Ich gähne, dann rufe ich meine *Friendbook*-Seite auf. Keine Zeile von Rikki.

Obwohl ich die Suchfunktion nutze, kann ich weder eine Einladung noch sonst eine Nachricht von Alex finden. Typisch, denke ich. Dabei hat er vorhin groß behauptet, er hätte mich gar nicht entfreundet. Irgendwie tröstlich, dass ich nicht das einzige miese Arschloch bin.

Während ich wieder über unser Gespräch auf dem Boot nachdenke, fallen mir die Augen zu und ich beginne wegzudämmern. Doch als ich kurz davor bin, richtig einzuschlafen, glimmt plötzlich ein Erinnerungsfetzen auf. Mit einem Schlag bin ich hellwach.

Alarmiert durchforste ich noch einmal die Einstellungen. Was ich dort sehe, lässt mich vollkommen an meinem Verstand zweifeln: Nicht *Alex* hat sich von mir entfreundet, sondern *ich* mich von Alex. Und nicht nur das. Ich habe ihn sogar geblockt. Er hätte mich gar nicht anschreiben können. Jede seiner Nachrichten landet irgendwo im großen Daten-Nichts.

Ich schnappe nach Luft. Wann war das? Warum erinnere ich mich bloß nicht mehr daran? War das etwa eine Kurzschlussreaktion auf den Bootsabend mit Rikki, Anna und den anderen? Hatte ich endgültig die Schnauze voll von Alex, weil er sich in Rikki verliebt hat?

Sosehr ich mir darüber den Kopf zermartere – ich weiß es einfach nicht mehr! Das muss so etwas wie ein Blackout sein. Oder Alzheimer. Vielleicht ist es aber auch bloß ein Computerfehler ... *Friendbook* spinnt sowieso andauernd, versuche ich mir einzureden.

Doch ich schaffe es einfach nicht, mich noch länger selbst zu belügen – ich kann offensichtlich nur extrem gut verdrängen.

Keine Zukunft

Meine Mutter ist nicht nur bester Laune, sondern auch peinlich. Mir zumindest.

In der Fußgängerzone hakt sie sich bei mir unter, als wären wir ein Liebespärchen. Und im Einkaufszentrum bleibt sie vor jedem Schuhgeschäft und Schmuckladen stehen, deutet ins Schaufenster und will wissen, wie ich dies und jenes finde.

»Ich dachte, du suchst ein Oberteil.«

»Schauen werde ich ja wohl noch dürfen«, erklärt sie vergnügt und fährt mit der Hand über ihre frisch blondierten Haare. »Wenn du nur rummaulen willst, hättest du auch weiter auf dem Sofa pennen können.«

Sie hat keine Ahnung, was in mir vorgeht. Auch wenn ich nicht besonders scharf aufs Shoppen bin, lenkt es mich zumindest ein bisschen ab. Zu Hause haben mir meine immer wiederkehrenden Gedanken die Luft geraubt:

Ich habe Alex aus Eifersucht eins ausgewischt.

Ich bin schuld daran, dass Anna sich umbringen wollte und Alex' Leben dadurch vollkommen aus den Fugen geraten ist.

Ich habe Rikki nur für mich gewinnen können, weil sie die Wahrheit nicht kennt und Alex wegen dem Foto die Schuld gibt.

Ich bin das Riesenarschloch, das ich nie sein wollte, und muss nun mit dieser Erkenntnis leben.

»Jetzt zieh nicht so ein Gesicht«, ruft meine Mutter. »Lass uns Spaß haben.«

In der nächsten Stunde schleift sie mich durch verschiedene Boutiquen. Während ich vor den Umkleidekabinen auf sie warte, schaue ich auf mein notdürftig aufgeladenes Handy. Noch immer keine Nachricht von Rikki. Ich habe ihr von zu Hause aus noch mal geschrieben und sie gebeten sich zu melden. Warum antwortet sie bloß nicht?

Im vierten Laden findet meine Mutter endlich eine Bluse, die ihr gefällt. »Die ist sogar reduziert.«

Beschwingt hängt sie sich wieder bei mir ein und schlenkert zufrieden mit ihrem Beutel.

»Hast du Lust auf Kuchen, Joshi?«, ruft sie strahlend. »Komm, ich lade dich ein. Nachher können wir ja noch nach einer neuen Hose für dich schauen.«

Sie zieht mich in ein Café mit rosa Plüschsofas und bestellt sich Linzer Torte und Prosecco. Ich nehme nur eine Cola.

»Hach«, stößt meine Mutter zufrieden aus und strahlt mich an, bevor sie sich ein Stück Kuchen in den Mund schiebt. »Das haben wir beide schon lange nicht mehr gemacht.«

Aber ihre übertrieben gute Laune hat Risse. Mir ist bewusst, dass jeden Moment wieder die Biestigkeit hervorbrechen kann. Oder der Blues.

Kurz darauf sucht meine Mutter einen Fotoautomaten, der ausgerechnet in der Nähe des verfluchten Eiscafés stehen muss. Zum Glück zieht mich Katja ins Innere der Kabine – Cheyenne ist wirklich der letzte Mensch, dem ich jetzt begegnen will. Erst machen wir ein paar Quatschbilder: Sie schielt und streckt ausgelassen die Zunge heraus, ich dagegen schaue wie der Frustbolzen des Jahres. Anschließend drückt sie mir ihre Tüte in die Hand und schiebt mich nach draußen, weil nun ihr offizielles Bewerbungsfoto dran ist.

Erneut kontrolliere ich mein Handy, das allerdings ausgerechnet in diesem Moment mal wieder den Geist aufgibt. Entnervt schaue ich auf und sehe – Rikki! Hier. Im Einkaufszentrum.

Zuerst fällt mir ihre Schürze auf. Dann bemerke ich, dass sie einen blauen Eisbecher mit Papierschirmchen und Glitzerpalme auf einem Tisch abstellt. Es gibt nicht den geringsten Zweifel: Rikki arbeitet als Bedienung in Cheyennes Eiscafé.

Habe ich was verpasst!? Da fehle ich einen Tag in der Schule und schon nimmt sie einen Job bei der verlogenen Natter an?

Verwirrt gehe ich zu ihr hinüber. »Hey«, sage ich und lächle.

Erschrocken starrt Rikki mich an. »Was machst du hier? Stalkst du mich etwa?«

Ihr genervter Ton bringt mich noch mehr durcheinander. »Die Frage ist doch eher, was du hier machst?«

»Wonach sieht's denn aus?«

»Was ist eigentlich los?«, frage ich und fasse nach ihrer Hand mit dem rosa Armband, die sie aber gleich zurückzieht. Und dann kommt mir ein Verdacht. »Hat Alex etwa schon mit dir gesprochen?«

»Lass mich doch endlich mit diesem Arschloch in Frieden«, zischt sie. »Und du kannst auch gleich verschwinden.« Sie sieht sich nervös um.

Ich verstehe nicht, was mit ihr los ist. »Ich muss mit dir reden«, erkläre ich. »Wann hast du Schluss? Ich hole dich ab.«

»Keine Zeit«, antwortet sie knapp. »Bin bereits verabredet.« Dann eilt sie zur Theke, holt einen Lappen und beginnt übertrieben heftig über einen der leeren Tische zu wischen.

Ich folge ihr und lege die Hand auf ihren Arm. »Rikki. Bitte, es ist wichtig.«

Ungehalten reißt sie sich los. »Nimm gefälligst deine Finger weg, *cabrón*.« Sie schiebt mich grob aus dem Bereich des Eiscafé heraus und faucht: »Du und ich, wir haben keine gemeinsame Zukunft. Das im Landschulheim war ein Fehler.« Wieder blickt sie sich um. »Glaub mir, es ist besser, wenn du jetzt verschwindest.«

»Ich verstehe nicht ...« Mir steigen die Tränen in die Augen. »Heißt das, du machst mit mir Schluss?«

»Ich könnte nur Schluss machen, wenn wir zusammen wären. Sind wir aber nicht.«

»Warum bist du so fies zu mir?«

»Ich bin nicht fies, sondern nur realistisch. Und jetzt hau endlich ab!«

Sie aber nicht mit dir

»Ach hier steckst du«, höre ich auf einmal Katjas Stimme. »Ich habe dich schon überall gesucht.« Verwundert sieht mich meine Mutter an. »Sag mal, heulst du?«

»Nee«, schniefe ich.

»Na, ein Glück! Das hätte mir glatt noch gefehlt, dass ich wegen dir schräg draufkomme. Morgen muss ich schließlich einen frischen und fröhlichen Eindruck machen.« Sie schlägt mir erleichtert auf die Schulter. »Na, sollen wir jetzt nach einer neuen Hose für dich suchen?«

Wortlos gehe ich mit, höre kaum, was sie sagt, probiere gleichgültig eine Hose an, dann noch eine und noch eine, und Katja schleppt immer weitere an, bis sie mit einer an die Kasse geht, die sie am besten findet, von der ich nicht einmal weiß, wie sie aussieht, und es ist mir auch egal.

Stolz hält sie ihre Tüten wie Jagdtrophäen hoch. »Wollen wir los? Ist ja schon spät. Und wir haben doch jetzt alles, was wir brauchen.«

Sie vielleicht. Aber ich kann noch nicht fort. »Geh schon mal vor. Ich muss noch etwas erledigen.«

Sie betrachtet mich nachdenklich. »Gut, ich sehe dich dann zu Hause.«

Und das ist mein Plan: Sobald in ein paar Minuten die Geschäfte schließen, fange ich Rikki ab. So einfach lasse ich mich nicht abwimmeln, sie schuldet mir zumindest eine Erklärung. Ich habe ohnehin nichts mehr zu verlieren. Wenn ich ihr die Sache mit Annas Foto erzähle, ist es so oder so aus.

Entschlossen fahre ich mit der Rolltreppe hinauf zur Empore. Von oben habe ich einen ganz guten Blick auf das Scheißcafé. Während ich Rikki nicht aus den Augen lasse, muss ich wieder an unsere gemeinsame Zeit im Waldheim denken. Für mich war es ein völlig neues Lebensgefühl, nicht mehr allein zu sein. Unser Zusammensein hatte einen Hauch von Unbesiegbarkeit: Wenn du jemanden liebst, der auch dich liebt, kannst du einfach alles schaffen.

Kaum vorstellbar, dass wir noch vor zwei Tagen ein Paar gewesen sind. Und jetzt ist sie zu mir kälter als der Eisbecher, den sie gerade serviert.

Wie aus dem Nichts erscheint plötzlich dieser Schmitti, stellt sich in seinem schwarzen Anzug an den Tresen und beobachtet Rikki. Was will dieser Typ bloß von ihr?

Ich finde das Eiscafé unsagbar hässlich. Überall stehen diese lächerlichen Plastikpalmen mit angeklebten künstlichen Früchten herum. Die weißen Klappstühlchen und die alten Tische sehen aus, als würden sie jeden Moment die Grätsche machen. Selbst die vergilbten Abbildungen der Eisbecher wirken wie schlecht gemachte Attrappen. Ich hasse Cheyennes Drecksladen.

Rikki kassiert jetzt die letzten Gäste ab, anschließend sichert sie die Tische und Stühle vor dem Eiscafé mit einer schweren Metallkette. Schmitti ist weg. Dafür taucht Cheyenne auf und wedelt mit einem Schlüsselbund herum. Sie trägt eine Boutiquentasche über der Schulter und hat sich tierisch aufgebrezelt. Fast meine ich, ihre unerträgliche Parfümwolke aus der Entfernung riechen zu können.

Cheyenne redet auf Rikki ein und zwingt ihr dann die Tasche auf. Betont langsam schlüpft Rikki aus ihrer Schürze. Mit der Tüte unterm Arm trottet sie zur öffentlichen Toilette in der Nähe, während Cheyenne offensichtlich die Abrechnung macht.

Sofort ergreife ich meine Chance, haste zur Rolltreppe, springe die fahrenden Stufen hinab – und laufe einem dicken, verschwitzten Wachmann in die Arme.

Mit strengem Blick baut er sich vor mir auf. »Wir schließen gleich.«

»Schon klar.« Ich deute auf die Klotür gegenüber. »Ich warte nur auf meine Freundin.«

Er nickt. Hinter ihm rückt die Putzkolonne an. Fast muss ich lachen: Auf den roten Overalls prangt der Schriftzug »Schwarz Clean Services« – die Firma von Alex' Vater. Ich bin so abgelenkt, dass Cheyenne, die jetzt ebenfalls in Richtung Toilette stöckelt, mich um ein Haar entdeckt. Im Eiscafé sind mittlerweile alle Lichter erloschen.

Als Rikki und Cheyenne nach einer gefühlten Ewigkeit endlich herauskommen, muss ich zweimal hinschauen. Rikki ist geschminkt und kaum wiederzuerkennen. Sie trägt ein kurzes, dunkles Kleid und hochhackige Schuhe. An ihren Ohren baumeln silberne Kreolen und ihre offenen schwarzen Haare glänzen. Sie sieht wunderschön aus. Nur eben nicht wie Rikki.

Sie verlassen die Mall und ich folge in sicherem Abstand. Draußen donnern Straßenbahnen durch die Dämmerung. Rikki knickt ein paarmal um, aber Cheyenne hält sie eisern am Arm gepackt, so dass sie nicht hinfällt. Wenig später betreten sie ein italienisches Restaurant mit einem Olivenbäumchen vor der Tür.

Dass Cheyenne Rikki einfach mal so einen neuen Look verpasst und sie anschließend auf eine Pizza einlädt, kann ich mir nur schwer vorstellen. Zu gerne wüsste ich, was im Restaurant vor sich geht, doch durch die vergilbten Vorhänge kann ich nichts erkennen. Ich gebe mir einen Ruck und ziehe die Tür auf.

Das Lokal ist brechend voll. Eine Mischung aus lautem Stimmengewirr und Pizzageruch schlägt mir entgegen. Kellner wuseln geschäftig umher, an der Theke warten Gäste auf freie Plätze. Die beiden Mädchen sitzen in einer

Ecke am Fenster, aber nicht alleine. Schmitti hat den Arm um Cheyenne gelegt. Er prostet einem gleichaltrigen Typen zu, der mit am Tisch sitzt. Und der kann ganz offensichtlich seinen Blick nicht von Rikki lösen.

Ohne zu zögern, trete ich an ihren Tisch heran. »Kann ich dich bitte sprechen, Rikki?«

Sie ignoriert mich. Stattdessen springt nach einer kurzen Schrecksekunde Cheyenne auf und schubst mich energisch in Richtung Ausgang.

»Mach 'nen Abgang, du Idiot«, schnauzt sie. »Du störst.«

Doch so einfach wird sie mich nicht los. »Würdest du mir verraten, was hier gerade läuft?«

»Du kapierst es echt nicht, was?« Sie wirft ihre blonden Haare nach hinten und rückt näher an mich heran. Ihr aufdringliches Parfüm ist kaum zu ertragen. »Wir Mädchen stehen nun mal auf richtige Männer. Finde dich gefälligst damit ab.«

»Bei dir mag das vielleicht stimmen«, widerspreche ich, »aber nicht bei Rikki! Ohne meine Freundin gehe ich keinen Meter.«

»Freundin?«, entfährt es der Giftschlange. »Dass ich nicht lache.«

Plötzlich werde ich von hinten gepackt und mit Schwung vor die Tür gesetzt. Dort verpasst Schmitti mir einen so kräftigen Stoß, dass ich zu Boden stürze. Rasch rapple ich mich wieder auf, steuere unbeirrt die Tür an.

Doch Schmitti versperrt mir den Weg. »Heute geschlossene Gesellschaft.«

»Ich muss mit Rikki sprechen.« Mittlerweile geht es mir

gar nicht mehr um Anna und Alex. Ich will einfach nur verhindern, dass Rikki noch länger mit diesen Arschlöchern abhängt.

Schmitti schaut mich abschätzig an. »Sie aber nicht mit dir.«

Ich versuche mich an ihm vorbeizudrängen. »Das muss sie mir schon selber sagen!«

Seine Faust trifft meinen Mund. Nur ganz kurz und nicht mal sonderlich fest. Meine Lippe schwillt trotzdem sofort an. Mehr aber nicht, stelle ich erstaunt fest. Und Angst spüre ich merkwürdigerweise auch keine.

»Ist das alles, was du draufhast?«, frage ich.

Sein Schlag in die Magengrube raubt mir die Luft, ich sinke auf die Knie.

»Bleib ja draußen. Verstehen wir uns?«, sagt er drohend, bevor er wieder ins Restaurant zurückkehrt.

Ich schließe kurz die Augen, versuche zu atmen, dann stehe ich auf und folge ihm.

Vor ihrem Tisch schaue ich Rikki eindringlich an. »Komm, lass uns von hier verschwinden.«

Während Rikki wie versteinert ist, verdreht Cheyenne nur die Augen. Der andere Kerl macht ein ängstliches Gesicht.

»I-ist das etwa ihr Bruder?«, fragt er Schmitti.

Eine Minute später liege ich auf dem kalten Asphalt, meine Nase blutet und das rechte Auge schmerzt.

Ein paar Passanten schauen erschrocken zu uns herüber, greifen aber nicht ein. Jemand macht ein Foto mit seinem Handy.

Schmitti geht vor mir in die Knie. Ich starre auf seine polierten Schuhe.

»Hör zu, du kleiner Pisser«, flüstert er. »Wenn du mir mein Geschäft versaust, mache ich dich fertig.«

»Fick dich«, keuche ich, aber er dreht sich einfach um und verschwindet wieder im Restaurant.

Mühsam richte ich mich auf und lehne mich an das Olivenbäumchen am Eingang. Ich möchte nur einen Moment ausruhen. Meine Kräfte sammeln, bevor ich Rikki da raushole. Blut läuft mir übers Kinn. Nicht schlimm, nicht schlimm, denke ich. Gleich geht es wieder rein.

Da wird die Eingangstür so fest aufgestoßen, dass sie gegen die Wand knallt. Rikki.

Entsetzt schaut sie auf mich herab, schleudert die hohen Schuhe von sich und rennt barfuß in die Nacht. Kurz darauf erscheint Cheyenne.

»Wenn du jetzt wegläufst«, ruft sie Rikki hinterher, ohne auf mich zu achten, »bist du so was von erledigt, du Schlampe!«

Die treuen Seelen

Katja ist mit ihrem bevorstehenden Bewerbungsgespräch beschäftigt. Sie weiß nicht, dass ich noch im Bett liege und erneut die Schule schwänze. Schon den ganzen Morgen klackern ihre Absätze hektisch über das Laminat. Von ihrem Zimmer ins Bad – klack-klack-klack. Vom Bad in die Küche – klack-klack-klack. Von der Küche in ihr Zimmer – klack-klack-klack – und wieder zurück – klack-klack-

klack. Hin und wieder redet sie mit sich selbst und spult auswendig gelernte Antworten ab. Frisch und fröhlich klingt das für mich nicht gerade.

Irgendwann fällt endlich die Wohnungstür zu.

Ich quäle mich aus dem Bett und gehe ins Bad. Gestern Abend habe ich mich sofort in mein Zimmer geschlichen, um Fragen wegen meiner zerrissenen Hose und meinem verbeulten Gesicht zu vermeiden.

Hätte schlimmer sein können, stelle ich jetzt mit einem kritischen Blick in den Spiegel fest. Okay, meine Nase schmerzt empfindlich, aber immerhin ist sie nicht gebrochen. Meinem angeschwollenen Auge verpasse ich vorsichtig eine kleine Behandlung mit Katjas Abdeckstift. Nur meine aufgeplatzte Unterlippe lässt sich nicht verbergen.

Ich kann mir nicht helfen, aber ich werde das Gefühl nicht los, die Prügel irgendwie verdient zu haben. Auch wenn Schmitti völlig andere Gründe dafür hatte.

Im Übrigen bin ich mir jetzt vollkommen sicher, dass Cheyenne Rikki irgendwie in der Hand und zu diesem Treffen mit Schmitti und seinem Kumpel gezwungen hat. Ich würde auch zu gerne wissen, was der Kerl als »mein Geschäft« bezeichnet. Und ich möchte unbedingt Rikki anrufen. Aber erst mal muss ich mich um meine eigenen Probleme kümmern, denn:

Ich war bei der Polizei, die mir nicht glaubt.

Ich war bei Alex, der mich nicht mehr sehen will.

Und ich war bei Rikki, die mir nicht zuhört.

Nur mit einer Person habe ich noch nicht gesprochen: Anna.

Im Krankenhaus erfahre ich von einem Pfleger, dass Anna heute entlassen worden ist. Und dass ich schon die zweite Person bin, die nach ihr fragt.

Kurz darauf klingle ich bei den Dambergs.

Annas Vater öffnet die Tür. »Oh je! Was ist denn mit deinem Gesicht passiert?«

Ich zucke nur mit den Schultern.

»Komm rein«, sagt er. »Anna schläft. Wir machen gerade ein zweites Frühstück. Hast du Hunger?«

Ich nicke, folge ihm in die Küche und erstarre: Direkt neben Frau Damberg sitzt Rikki am Tisch.

Sie sieht grauenvoll aus. Dunkle Augenringe, ganz blass. Nichts erinnert an den gestrigen Auftritt. Kein Make-up, kein Kleid. Stattdessen trägt sie ein altes Sweatshirt.

Nervös zupft sie an ihrer Unterlippe herum und würdigt mich keines Blickes. Das kann mich aber nicht von meinem Vorhaben abhalten.

Frau Damberg springt auf, als sie mich erkennt. Sie umarmt mich lange und drückt mich so fest, dass mir der Waschmittelgeruch an ihrem rosa Pullover in die Nase steigt. »Ihr treuen Seelen«, murmelt sie gerührt, wie damals im Krankenhaus. »Ihr beiden treuen Seelen. Ihr seid die Einzigen, denen Anna am Herzen liegt.«

Ich weiß nicht, was ich darauf sagen soll. Bei Rikki mag das ja stimmen. Aber bei mir?

»In der ganzen Zeit hat sie keiner aus der Klasse besucht.« Endlich lässt mich Frau Damberg los. »Nicht einmal eure Klassenlehrerin«, fügt sie hinzu und schiebt mich zu dem freien Platz gegenüber Rikki.

»Frau Dr. Störmer hat immerhin eine Karte geschrieben«, besänftigt sie ihr Mann, während er für mich deckt.

»Ja, eine Karte«, wiederholt Annas Mutter tonlos. »Eine Karte.«

Sie schenkt mir Kaffee ein. Die Brötchen im Korb duften. Neben einem kleinen Blumenstrauß stehen zwei Teelichter in grünen Gläschen.

Ich begreife: Nach allem Schlimmen, was passiert ist, wollen es die Dambergs schön haben. Vielleicht sind sie auch einfach nur froh, dass ihre Tochter wieder bei ihnen ist.

Frau Damberg huscht davon. Erleichtert kehrt sie kurz darauf wieder zurück. »Sie schläft immer noch. Die Gute muss sich erholen.«

»Du aber auch«, erklärt Annas Vater sanft. »Du bist erschöpft.«

»Ich kann nicht.« Seine Frau schüttelt heftig den Kopf. »Ich frage mich ständig, ob wir sie zu sehr angetrieben, zu viel Leistung von ihr gefordert haben.«

»Mach dir keine Vorwürfe«, versucht Herr Damberg sie zu beruhigen. »Anna ist von Natur aus sehr fleißig und gewissenhaft.«

»Aber verstehst du denn nicht, warum? Weil wir das von ihr erwartet haben! Vorbildliches Verhalten! Exzellente Noten! Immer nur Druck, Druck, Druck!«

Rikki und ich schweigen. Es ist, als ob die beiden uns völlig vergessen hätten.

Annas Vater atmet schwer. »Bitte, Regina, lass uns damit aufhören.«

»Wieso?«, fragt sie herausfordernd. »Du hast doch in

der letzten Therapiestunde selbst gesagt, dass wir ihr nie richtig zugehört hätten. Und als die Sache mit dem Foto passiert ist, sind wir gleich zur Polizei, anstatt erst mal in Ruhe mit Anna zu sprechen.«

»Regina ...«

»Deine Worte, nicht meine«, sagt sie schnippisch.

Rikki hält den Kopf gesenkt, aber ich kann es nicht länger ertragen, wie sich die beiden zerfleischen. Was die Dambergs jetzt brauchen, ist die Wahrheit. Von mir.

»Wegen dem Foto«, unterbreche ich das Gezänk.

Da schlägt Annas Vater mit beiden Händen auf den Tisch, so dass alle vor Schreck zusammenfahren. »Ich hasse dieses Foto«, ruft er.

»Nicht so laut«, bittet Frau Damberg. »Du weckst sie noch.«

»Ich hasse dieses Foto«, wiederholt er, »weil es eine verdammte Fälschung ist.«

Auf der Stelle vergesse ich all die Sätze, die ich mir für mein Geständnis zurechtgelegt hatte. »W-was?«, stottere ich stattdessen. »Was soll das heißen?«

Frau Damberg faltet die Hände. »Was ich euch jetzt erzähle, muss unter uns bleiben. Denn das Ganze ist unserer Tochter wahnsinnig unangenehm. Anna leidet seit frühester Kindheit an starker Schuppenflechte. Darum trägt sie auch immer so hochgeschlossene Kleidung. Mal ist es besser, mal schlechter. Doch sobald sie unter Stress gerät, nimmt der Hautausschlag extrem zu.«

Annas Vater nickt. »Und auf diesem Foto ist nicht eine einzige von ihren entzündeten Stellen zu sehen.«

Ich kann es nicht glauben. »Also ist Anna gar nicht das Mädchen auf dem Foto?!«

»Nein«, sagt er.

Ich schlucke. »Warum hat sie sich dann etwas angetan, anstatt einfach die Wahrheit zu sagen?«

»Begreifst du das wirklich nicht?« Frau Damberg sieht mich sanft an. »Anna schämt sich für ihre Krankheit. Nichts ist ihr peinlicher als das. Um zu beweisen, dass sie nicht das Mädchen auf dem Bild ist, hätte sie vor allen zu ihrer Krankheit stehen müssen. Und das konnte sie nicht.«

»Anna hat auch nichts über dieses *Friendbook* verschickt«, fügt Herr Damberg hinzu. »Sie besitzt ja noch nicht mal ein Konto. Das haben wir im Nachhinein geprüft.«

»Aber wenn das auf dem Foto nicht Anna ist«, frage ich verwirrt, »wer dann?«

Bekümmert sitzen die Eltern auf ihren Stühlen. »Wir wissen es nicht.«

In der Küche wird es still.

Dann hebt Rikki langsam ihren Kopf. »Ich glaube, ich kann das erklären«, sagt sie mit belegter Stimme. »Das Mädchen auf dem Foto – das bin ich.«

31 Ein gutes Gespräch

Zehn Minuten nach der verabredeten Zeit ist mein Vater noch nicht im Steakhaus aufgetaucht. Ich hoffe sehr, dass er auch wirklich kommt, denn ich habe bereits eine Cola bestellt und keinen Cent dabei. Vorsichtig trinke ich einen Schluck. Inzwischen funktioniert das ganz gut.

Meine geplatzte Lippe ist verheilt, auch meine anderen Verletzungen sind fast abgeklungen.

Richtig hungrig bin ich nicht. Schon seit Tagen nicht. Im Gegensatz zu den drei dicken Frauen am Nebentisch. Zwei von ihnen säbeln gierig an ihren riesigen T-Bone-Steaks herum. Die dritte knöpft sich einen gigantischen Burger vor. Normalerweise würde ich unauffällig ein Foto von ihnen machen. Aber ich will nicht.

Nach weiteren zwanzig Minuten wird es mir doch langsam mulmig. Gerade als ich mir überlege, ob ich im richtigen Steakhaus bin, betritt mein Vater das Lokal. Er schlängelt sich zwischen den vollen Tischen zu mir durch.

»Sorry. Bin leider im Büro aufgehalten worden.« Schnell schlüpft er aus seinem Mantel, darunter trägt er Anzug und Krawatte. Dann holt er sein Handy aus der Jacketttasche und legt es neben dem Besteck auf den Tisch. »Wartest du schon lange?«

»Nein«, lüge ich. »Gerade gekommen.«

Er rückt sein Handy zurecht. »Gut, gut.«

Eine Weile schauen wir uns schweigend an. Dieses Treffen ist nicht meine Idee. Aber auch nicht seine.

»Deine Mutter«, beginnt er schließlich, »ist der Ansicht, dass wir zwei uns mal in aller Ruhe unterhalten sollten.« Er fährt sich über die Wange, als wollte er seine Rasur prüfen. »Ernsthaft unterhalten. Sie ist wegen dir sehr besorgt, weißt du?«

Nachdem ich mich bei den Dambergs in Rikkis Beisein zu meiner Schuld bekannt hatte, war die große Erleichterung bei mir ausgeblieben. Im Gegenteil: Ich fühlte mich wie durchgekaut und ausgekotzt. Vielleicht auch, weil mich Rikkis Geständnis so geschockt hatte. Aber trotzdem wollte ich jetzt auch bei meiner Mutter reinen Tisch machen.

Doch kaum schloss ich zu Hause die Tür auf, schlug mir ein Höllenradau entgegen. Katja saugte mit grimmigem Blick das Wohnzimmer und schrubbte dabei heftig polternd über den Laminatboden. Keine Frage, wie ihr Bewerbungsgespräch gelaufen war: nicht gut. Da ihre Laune kaum noch schlimmer werden konnte, bat ich sie in die Küche, wo ich ihr alles erzählte. Und ich ließ wirklich nichts aus. Anders als bei Annas Eltern schilderte ich ihr nicht nur meine Tat, sondern auch meine große Verzweiflung: wie ich mich immer tiefer in meine Lügen verstrickt und nicht mehr hinausgefunden hatte.

Nach dem ersten Schrecken reagierte meine Mutter wie immer: Sie rastete aus und schrie mich an. Dass sie sich wegen mir jetzt nirgends mehr blickenlassen könne, dass ich sie bis auf die Knochen blamiert hätte, dass sie das als alleinerziehende Mutter nicht verdienen würde. Und so weiter ...

Schweigend ertrug ich ihr Gezeter, beschönigte nichts, widersprach nie.

Drei Tage später kam dann der Brief mit der Absage für ihre Stelle. Und einen Schuldigen dafür hatte sie sofort parat. Mich. Ihren missratenen Sohn.

Eins ist mal klar: Wenn Katja sich Sorgen macht, dann hauptsächlich um sich selbst.

Ich sage: »Ja, ich weiß, dass sie sehr besorgt ist.«

Als die Kellnerin zu uns tritt, zieht mein Vater beherzt die Speisekarte aus dem Ständer am Ende des Tischs. »Hast du schon etwas zu essen bestellt?«

»Nein.«

Er überfliegt das Angebot. »Für mich das Hüftsteak. Medium.« Prüfend blickt er zu mir. »Und was möchtest du?«

»Hab keinen Hunger«, murmle ich wahrheitsgemäß. Außerdem erscheint es mir wenig verlockend, auf einem Stück Fleisch rumzukauen, während er mir im Auftrag meiner Mutter ins Gewissen redet. Keine Ahnung, wie das funktionieren soll. Schließlich kennt er mich ja kaum.

»Ach komm, ich möchte nicht alleine essen. Lass uns einfach das Gleiche nehmen«, bittet er.

Müde stimme ich zu. Ich will es nicht unnötig kompliziert machen.

Mein Vater wendet sich an die Bedienung. »Also gut. Zweimal. Und ein Wasser für mich. Dauert das lange? Ich habe nur eine halbe Stunde Zeit.«

So viel zum Thema »in aller Ruhe unterhalten«.

Die Kellnerin deckt zwei Steakmesser und serviert ihm anschließend das Wasser. Er nippt kurz daran. Wieder schauen wir uns schweigend an.

»Wie geht es Astrid und den Zwillingen?«, frage ich irgendwann, weil er immer noch nichts sagt.

»Gut, sehr gut. Ich soll dich grüßen und die Jungs fragen ständig nach dir.« Mein Vater spielt mit seiner Gabel, dreht sie, als wäre sie eine ausschlagende Kompassnadel.

»Im nächsten Frühjahr wollen wir das Dachgeschoss ausbauen. Dann bekommst du endlich dein eigenes Zimmer. Also, wenn das Geld reicht. Mal schauen.« Er verzieht den Mund. »Wie gesagt, das ist auch eine Frage der Finanzierung.«

Mir drängt sich ein Verdacht auf. »Heißt das, ich soll zu euch ziehen?«, frage ich laut. »Ist das schon beschlossene Sache oder was?«

Mit beiden Händen winkt er nervös ab. »Nein, nein, das ist doch nur so eine Idee. Auch weil das mit der Luftmatratze ... du weißt schon. Da geht so nicht länger ...« Mein Vater macht eine kurze Pause. »Oder *möchtest* du vielleicht zu uns ziehen?«

Möchte ich das?

Seit meine Mutter Bescheid wusste, war die Stimmung zu Hause kaum noch zu ertragen. Katja kontrollierte nun jeden meiner Schritte. Urplötzlich wollte sie sogar meine Hausaufgaben sehen. Sie strich mir das Taschengeld, verdonnerte mich zu einem dreimonatigen Hausarrest und kassierte wieder mein Notebook ein. Von diesen bescheuerten Strafaktionen hielt sie allerdings nicht eine einzige durch.

Aber dafür beschimpfte sie mich bei jeder Gelegenheit. Alles an mir schien sie zu nerven. Sie flippte aus, wenn ich die Schuhe nicht auszog oder meine Tasse nicht in die Spülmaschine stellte. Und nach jedem Streit fragte sie laut, ob es nicht besser wäre, wenn ich zu meinem Vater ziehen würde.

Aber das war für mich keine Option. Astrid wäre vermutlich wenig begeistert mich jeden Tag um sich zu haben. Dann lieber in eine betreute Wohngemeinschaft, zusammen mit anderen Jugendlichen, die zu Hause Probleme haben. Davon hatte mir Beate, die Schulsozialarbeiterin, erzählt. Ich stelle mir vor, wie ich Tüten voller Lebensmittel, die ich mit meinem Geld bezahlt habe, in meine Wohnung trage und in meinen Kühlschrank stelle. Andererseits weiß ich nicht, ob ich meine Mutter wirklich alleine lassen kann. Denn im Grunde ist sie ein zutiefst unglücklicher Mensch.

Ich sage: »Danke, aber ich komme zu Hause schon klar.«

Kaum hat die Kellnerin zwei Schälchen mit grünem Salat abgestellt, ertränkt mein Vater seine Portion in einem Essig-und-Öl-Bad. Anschließend streut er jede Menge Salz darüber.

»Und wie läuft es so in der Schule?«, fragt er, ohne mich anzusehen.

Für Rikki und mich nicht besonders gut. Es wurde über unseren Rauswurf beraten, aber dank Schulsozialarbeiterin Beate blieb es »nur« bei einem Verweis. Trotzdem, alle hassen uns: Die Schüler hassen uns. Die Lehrer hassen uns. Und Anna und Alex hassen uns erst recht.
Anna geht jetzt auf ein Mädchengymnasium am anderen Ende der Stadt und Alex lebt freiwillig im Internat.
Beide wollen mit uns nichts mehr zu tun haben.
Tja, Rikki und ich müssen wohl mit all dem klarkom-

men und außerdem erst mal verkraften, wie falsch wir uns gegenseitig eingeschätzt haben. Rikki hielt mich für diesen einfühlsamen Jungen, der mit großer Anteilnahme auf Annas schreckliches Schicksal reagierte. Ich wiederum dachte die ganze Zeit nur, dass Rikki als gute Freundin für Anna da sein wollte. Dabei trieb uns beide nur das schlechte Gewissen an.
Zweimal die Woche treffen wir uns im Zimmer von Beate. Hier können, müssen und wollen wir über alles sprechen. Auch miteinander.
Ich hatte ja keine Ahnung, dass Rikki den Job in der Eisdiele nur deshalb unbedingt wollte, weil ihr Vater plötzlich arbeitslos geworden war. Die eifersüchtige Cheyenne ließ sich die Chance, Rikki zu demütigen, nicht entgehen. Sie verlangte von ihr eine etwas andere Mutprobe als die sonst üblichen Diebstähle: das Foto. Im Grunde hatte Cheyenne durch meine Aktion und Annas anschließenden Selbstmordversuch Rikki in der Hand und zwang sie so zu dem Treffen mit Schmitti. Der ist übrigens als Loverboy bei der Polizei kein Unbekannter. Seit Rikkis Vater Cheyenne und diesen Schmitti angezeigt hat, fehlt die Natter im Unterricht und keiner vermisst sie. Nicht einmal ihre *Pink Ladies*, die sich ohne ihre Anführerin wieder in ganz normale Mädchen zurückverwandelt haben.

Ich sage: »In der Schule ist alles okay so weit.«

»Gut, gut.« Mein Vater stochert in seinem Salat herum. »Und sonst?«

Ich sage: »Was sonst?«

»Na, deine Probleme.«

Ich kann nichts daran ändern. Ich mag Rikki. Gestern habe ich mich an der Straßenbahnhaltestelle direkt neben sie auf die Bank gesetzt. Immerhin ergriff sie nicht auf der Stelle die Flucht. Ich stellte mir vor, wie ich sie eines Tages nach Hause begleite, ihre Eltern und Geschwister kennenlerne.

Als ihre Straßenbahn hielt, blieb sie sitzen.

Ich sage: »Welche Probleme?«

Die Steaks kommen. Mein Vater nimmt sich die Pfeffermühle und bröselt schwarzen Pfeffer auf sein Fleisch.

»Du siehst traurig aus«, meint er unvermittelt.

Ich schweige.

»Und sehr gesprächig bist du ja auch nicht gerade.«

»Na ja«, sage ich nach einem Seufzer. »Du musst ja auch gleich wieder los.«

Mein Vater legt sein Besteck zur Seite und ergreift sein Handy. »Gib mir einen Moment«, bittet er. »Ich will nur schnell im Büro Bescheid sagen, dass ich heute nicht mehr komme.«

Auf einmal habe ich Hunger. Richtig Hunger.

Danksagung

Bücher schreiben ist gar kein so einsames Geschäft, denn viele Menschen haben mir beim Schreiben dieses Buches mit ihrem Vertrauen, ihrem Fachwissen, ihrer Geduld und ihrer Freundschaft sehr geholfen:

Anne Bender, Ulrike Dick, Ralf Esemann (Polizei Präventionsstelle Lübeck), Therese Hochhuth, Dr. Thomas Hoek, Interpol, Andrea Kallweit (Jugendschutz.net), Gernot Körner, Frank Kühne, Maren Neumann, Sandra Ricken (Schulsozialarbeiterin am Schulzentrum in Haltern am See), Kerstin Ritz (Richterin am Landgericht Berlin), Tina Römer und Oliver Schütte.

Außerdem möchte ich mich besonders bei meiner Lektorin Brigitte Kälble bedanken, die stets das Licht sieht, wenn der Autor im Tunnel ist. Danke für die vielen Gespräche.

Und ohne Lotta, Luis, Max und Mila geht in meinem Leben sowieso nix, und ohne Marlies schon gar nichts.

Wenn nichts mehr geht

Karin Kaçi / Jan Braren
Homevideo
192 Seiten
Taschenbuch
ISBN 978-3-551-31438-3

Jakobs Kamera ist wie ein Tagebuch. Mit ihr filmt der 15-Jährige, was ihn bewegt. Doch dann gerät ein selbstgedrehtes, intimes Video durch Zufall in die Hände von Mitschülern, die es ins Netz stellen. In kürzester Zeit verbreitet es sich in der ganzen Schule und nicht nur dort. Jakob wird ausgelacht, angemacht, gemobbt. Seine Freundin zieht sich von ihm zurück. Lehrer und Eltern wissen kaum, wie sie mit der Sache umgehen sollen. Keiner kann helfen, keiner kann die Hassbotschaften stoppen. Und das Unglück nimmt seinen Lauf …

CARLSEN

www.carlsen.de